I0656299

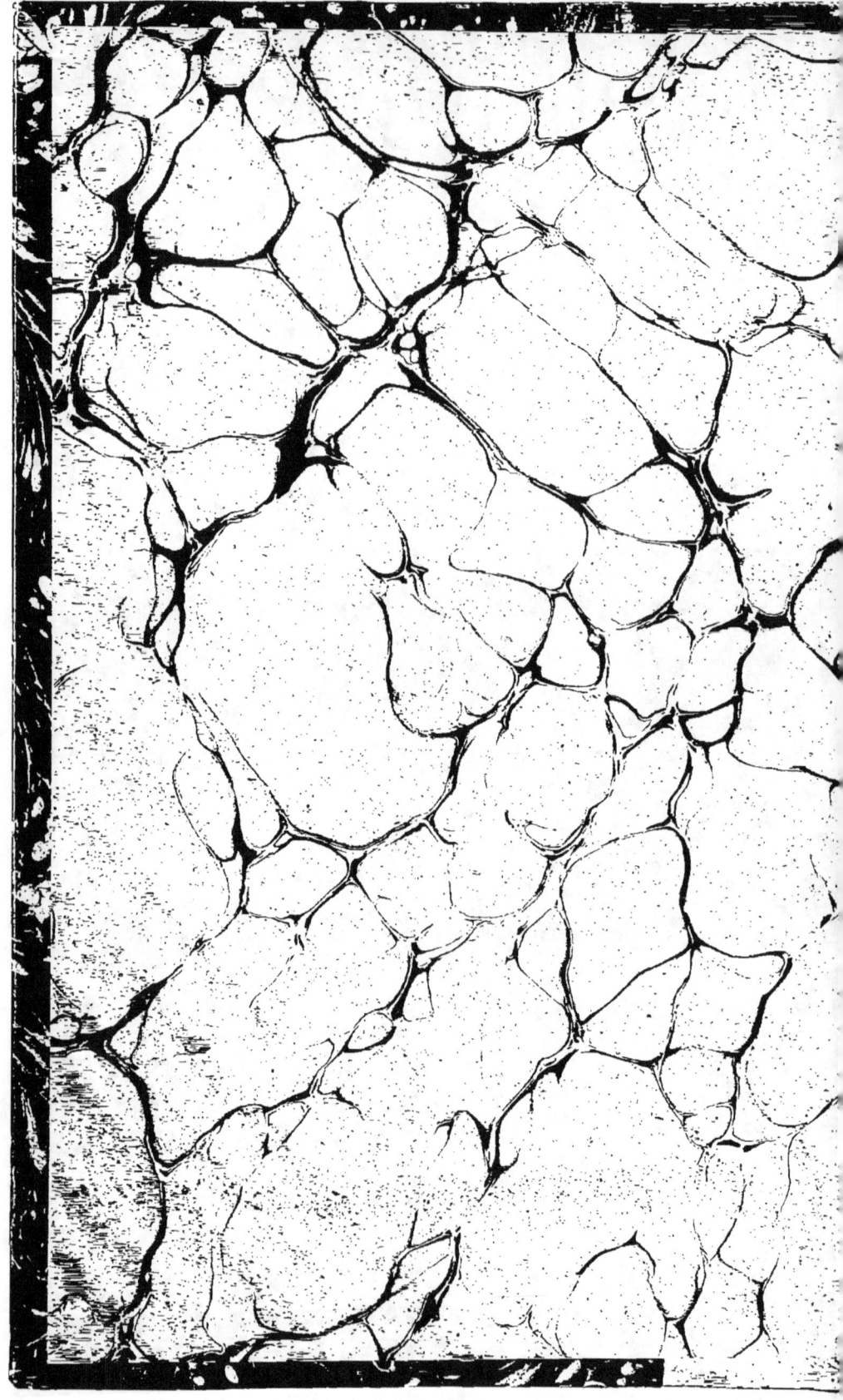

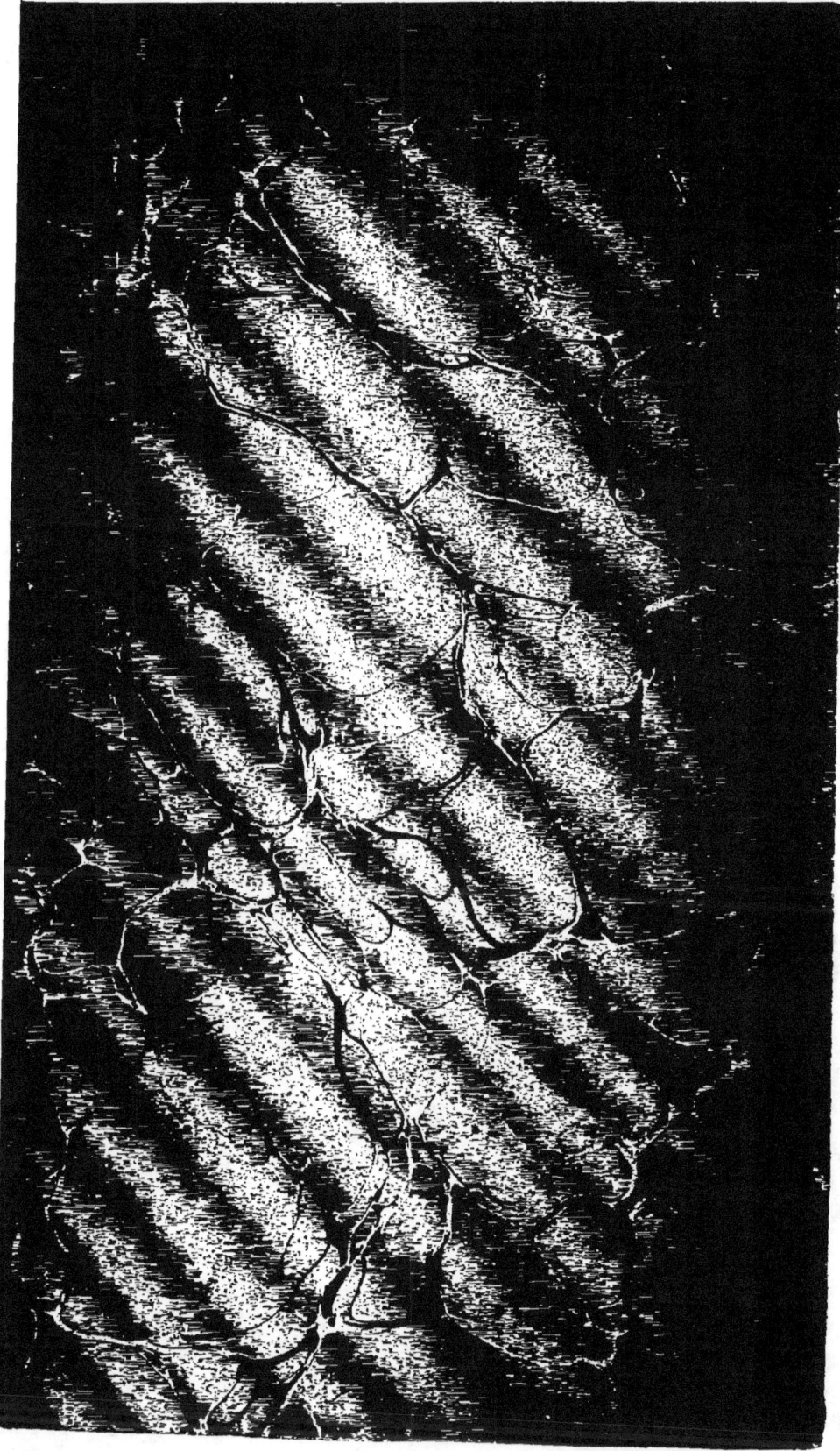

SALONS

ET

SACRISTIES

PAR

GEORGES MURAT

PARIS

CHEZ LES PRINCIPAUX LIBRAIRES

BRUXELLES

LIBRAIRIE NOUVELLE, RUE DE LA MADELEINE

1868

SALONS

ET

SACRISTIES

p° 2
le Jenne
5690

POISSY. — TYP. ET STÉR. DE AUG. BOURET

SALONS

ET

SACRISTIES

PAR

GEORGES MURAT

PARIS

CHEZ LES PRINCIPAUX LIBRAIRES

BRUXELLES

LIBRAIRIE NOUVELLE RUE DE LA MADELEINE

—

1868

Tous droits réservés

A

M. LOUIS VEUILLOT

Il y aura bientôt quinze ans, monsieur, j'eus l'honneur de vous voir dans un salon religieux. J'étais jeune alors, et plus inconnu encore que je ne le suis aujourd'hui. Je ne vous fus pas présenté; mais je me souviens d'avoir été, pendant une heure, sous le charme de votre parole éloquente et, sans doute, convaincue.

1

Je ne vous ai plus revu depuis cette époque ; mais, comme tant d'autres, j'ai souvent admiré votre talent de journaliste et d'écrivain.

Vous n'aimez pas être comparé à M. Proudhon, vous avez raison. Vous êtes tous les deux exagérés dans vos théories ; c'est votre seul point de ressemblance. Proudhon dénature la morale, et vous le catholicisme. Tous les deux vous avez un esprit qui flaire le génie et s'épanouit au trivial. Vos ailes, alourdies par le bitume des trottoirs, ne vous permettent pas de planer longtemps au-dessus du vulgaire. Vous préférez le terrain solide aux régions éthérées, le coup de poing à la logique, la force à la douceur ; cela se comprend, votre naturel ne doit-il pas toujours dominer vos croyances ?

On vous prend dans le monde pour le champion du catholicisme, — et l'on ne peut nier que que vous l'avez défendu parfois avec une rare énergie, — mais on se trompe, vous ne boxez qu'en faveur du parti clérical-romaniste. Un parti n'est pas une religion, vous ne l'ignorez pas ; c'est pourquoi, Dieu n'étant pas avec vous, vous n'avez pas été toujours le plus fort. Les horions ne vous ont pas manqué ; MM. de Montalembert et de Falloux vous ont étrillé maintes fois, et les chanoines de l'*Étendard* vous caressent souvent l'épiderme, à la manière de Sganarelle.

Vous êtes chrétien comme l'étaient les apôtres, avant la descente du Saint-Esprit. — Vous appelez fréquemment les foudres vengeresses sur ceux qui ne pensent pas comme vous et vous faites;

moralement, bien des hécatombes de ceux qui prêchent la concorde et la conciliation en matières politico - religieuses. En retard de dix-neuf siècles, vous oubliez que l'Évangile a remplacé la Bible, que si les Hébreux parlaient toujours du « Dieu des armées, » de ses colères et de ses vengeances, le Christ nous a dit le premier : — « Apprenez de moi que je suis doux et humble de cœur. » — Il nous a fait connaître que, sous la nouvelle loi, Dieu se manifestait surtout par sa « miséricorde » et sa bonté. Nous ne sommes d'aucune tribu d'Israël, nous sommes catholiques, et vous ?

Nous croyons que la douceur et la modération sont plus dans l'esprit de l'Évangile que les injures et les coups de trique. Nous croyons qu'il

est plus chrétien d'apaiser les cœurs irrités que
de les exciter à la haine; d'aplanir les difficultés
que de les augmenter; de prêcher la paix que la
guerre. Vous parlez comme si vous étiez le modèle des vertus chrétiennes et civiques; vous
croyez modestement que vous êtes infaillible et
le type de la perfection évangélique; pourtant,
vous divertissez les gens au lieu de les convertir
à vos idées; vous multipliez les ennemis de la
religion au lieu de lui faire des adeptes! Pourquoi? Serait-ce parce que vous ne suivez guère
l'exemple et les conseils de celui qui a converti
l'univers par sa douceur et son amour pour notre chétive humanité? Au lieu d'être catholique,
seriez-vous simplement chrétien comme le sont
les protestants, parce qu'ils ont reçu le baptême?
Ne devez-vous pas votre impuissance à la stérilité

de votre mission, à vos violences aveugles et à vos sentiments hébraïques ?

Paris, comme vous le disiez récemment, est infecté par le mal moral qui ronge toutes les grandes cités ; mais n'est-ce pas aussi la ville du monde qui s'inquiète le plus des souffrances privées et celle qui dépense le plus de millions à soulager les misères humaines ? Dans les hommes comme dans les choses, vous ne voyez que le mal ; n'est-ce point vous exposer à ne dire que des monstruosités et à faire croire que vous avez la vue plus viciée que malheureuse ?

Dans cette étude de mœurs, j'ai voulu vous imiter un peu pour vous montrer que le parti, dont vous êtes la plus vigoureuse personnification, est loin d'être parfait ; qu'il a ses travers et ses ridicules, et que les tableaux peints avec vos couleurs ne sont pas beaux du tout. Chaque chapitre n'est, pour ainsi dire, que le sommaire d'autant de volumes que j'ai à l'état de notes. Je ne les publie pas, moins par crainte de faire du tort à la religion, — que je respecte plus que vous, — que par indulgence pour mon prochain.

Croyez-moi, monsieur, laissez aux prêtres le soin d'enseigner et de défendre les saines doctrines du catholicisme; respectons les trois grandes autorités qui gouvernent le monde, flétrissons les erreurs volontaires, le vice, l'hypocrisie; mais prêchons la concorde et n'attaquons jamais les personnes. Dieu seul connaît le fond des cœurs; laissons-lui juger les consciences, car ses jugements seuls sont infaillibles et marqués du sceau de la suprême équité. Nous n'a-

vons pas le droit d'empiéter sur ses attributions,
encore moins celui de nous substituer à lui, en
mettant nos petits intérêts et nos petites passions à la place de sa clémence et de sa divine
mansuétude.

GEORGES MURAT.

SALONS

SACRISTIES

LOCAL ET PERSONNEL.

Par une belle soirée du mois de juillet 18..,
je me promenais sur les bords du Gave, à deux
kilomètres environ de la petite ville de ***. Elle
était alors encombrée de malades imaginaires,
de touristes et d'oisifs en vacances qui l'avaient
choisie pour prendre les eaux, et servir de point
central à des excursions dans les Pyrénées.

Le soleil allait disparaître derrière les pics

fauves et dénudés de la vallée, ses teintes chaudes et dorées devaient encore colorer longtemps les montagnes au pied desquelles la ville s'allonge, faute d'espace pour s'élargir. Quelques rares oiseaux chantaient par-ci, par-là, becquetant les fruits sauvages des buissons ; les fleurs ouvraient leur calice à la rosée du soir. Aucun nuage ne tachait la voûte azurée du ciel ; aucune brise ne faisait chuchoter le feuillage des chênes et des sapins de la vallée ; le torrent seul faisait résonner la solitude de sa voix puissante, en tombant sur le granit d'un escalier gigantesque, bâti par les siècles.

Le son des cloches de l'église et quelques notes lointaines d'un orgue de barbarie, parvenaient de temps en temps jusqu'à mes oreilles. Les harmonies de la nature, quand elles sont l'écho des voix humaines ou qu'elles se produisent par l'impulsion de l'homme, m'attristent plus qu'elles ne me charment. Il y a dans les montagnes des sites qui devraient être sacrés comme nos sanctuaires; l'homme ne devrait y pénétrer qu'avec un esprit de recueillement; l'humanité, prise en général, comprend si peu le langage et la beauté de la nature !

Dans ses joies comme dans ses douleurs, l'humanité fait mal à voir de trop près. Ses joies font l'effet d'un ricanement fou, grossier ou stupide. Ses douleurs sont navrantes, quand elles ne sont pas ridicules. Ordinairement, c'est l'homme lui-même qui tisse ses chagrins; ce n'est pas toujours lui qui trame ses bonheurs. C'est inouï ce que l'homme se fait souffrir avant de s'envelopper des quatre planches traditionnelles que lui lèguent les convenances sociales,

En remontant les bords du Gave, j'avais un visage qui n'avait rien de commun avec la sérénité du ciel, de l'atmosphère et les sourires de la

campagne. Je venais de crayonner pendant quelques heures des portraits, dont les originaux m'a-
vaient beaucoup frappé. Ces portraits n'étaient
pas beaux ; leur laideur assombrissait ma figure.

Je rencontrai Monseigneur *** accompagné du
docteur principal de la ville, d'un homme de
lettres et de deux ecclésiastiques.

— Qu'avez-vous donc là ? me demanda Monseigneur, en voyant mon portefeuille sous le bras.

Le prélat en question était un esprit supérieur,
libéral dans ses idées, généreux jusqu'à la pro-
digalité, érudit comme un bibliophile, enfant de
caractère et se laissant facilement conduire quand
on savait s'y prendre. Je connaissais ce bon
évêque depuis longtemps ; je l'aimais de tout
mon cœur ; il s'intéressait à mes travaux littéraires et scientifiques, et ne manquait jamais de
me demander lecture de quelques pages de mes
manuscrits, lorsque le hasard nous rapprochait.

— Monseigneur, lui répondis-je, j'ai là des photographies prises dans les salons et les églises de Paris, et même des autres villes que j'ai habitées.

— Tiens ! cela doit être curieux, écrit par vous ; nous avons encore trois quarts d'heure avant dîner, vous devriez nous en lire quelques pages.

— Je n'ai rien à vous refuser, Monseigneur, et si vous ne craignez pas d'être ennuyé par mon récit, nous pouvons nous asseoir ici sur ce gazon, à côté de la route, personne ne nous dérangera.

Le prélat ne leva la séance qu'au bout d'une heure, je lui avais lu les principaux fragments de mon manuscrit.

— Savez-vous que c'est très-méchant ce que vous venez de lire ? me dit-il en se levant.

— Ce n'est pas la question, Monseigneur.

Est-ce vrai? voilà ce que je vous demande, à vous qui connaissez si bien les salons et les sacristies.

— Je ne dis pas non, mais vous connaissez le proverbe : — Toute vérité n'est pas bonne à dire. Puis, vous ne convertirez personne.

— Si je ne convertis pas, j'instruirai peut-être. La semence, jetée au vent, finit toujours par tomber sur un terrain moins dur et moins stérile que les grandes routes foulées par les multitudes; tôt ou tard, elle produit quelques bons fruits. D'ailleurs, se taire par crainte de la malveillance des petits esprits, des pharisiens modernes ou de l'inutilité des efforts faits pour prévenir le mal ou bien y remédier, ce n'est pas de la prudence, c'est de la faiblesse. J'ai remarqué que les révolutions et les grandes perturbations publiques doivent généralement moins leurs succès à la méchanceté des mauvais garnements qu'à l'abstention des honnêtes gens.

— Je vous crois, mais je connais tellement de personnes qui ressemblent à vos portraits que, pour vous éviter des ennuis, je vous conseillerais de retoucher vos figures pour en adoucir les traits.

— Monseigneur, je suis trop paresseux pour y mettre de l'imagination ; j'ai trouvé des modèles tout prêts, des scènes toutes faites ; je préfère les copier, travailler dans le vif, et ne rien changer au naturel des personnages. Mon livre aura du moins le mérite de la vérité, car je puis vous donner les noms propres de toutes les personnes dont je parle.

— Eh bien, faites ce que vous voudrez ; mais je vous prédis une guerre impitoyable de la part de tous les soi-disant dévots.

— Tant pis pour eux, monseigneur, la guerre prouvera que j'ai frappé juste.

L'heure du dîner, heure toujours importante et solennelle pour les vieillards, mit fin à notre conversation. Nous rentrâmes dans la ville. Les rues étaient désertes; toutes les mâchoires de passage fonctionnaient dans les hôtels et les restaurants; nous étions en retard, le potage se refroidissait en nous attendant. Un dîner qui refroidit peut avoir des conséquences graves, car il met de mauvaise humeur bien d'honnêtes gens.

Ce livre s'adresse à tout le monde; le monde ne se compose-t-il pas de gens mariés ou qui l'ont été, le seront ou ne veulent pas l'être, de gens dévots, honnêtes ou libertins! Aux uns, il est indispensable; aux autres, il est utile. Il ne s'adresse pourtant pas aux personnes qui ne veulent rien voir, rien entendre, et surtout rien entendre et rien voir de ce qui blesse leurs idées reçues, leurs préjugés ou gêne leurs habitudes.

De nos jours, il est très-commun de croire à l'infaillibilité de son propre jugement. On veut donner des leçons à tout l'univers, mais on se fâche d'en recevoir de ceux qui ne pensent pas comme nous.

Si ces « êtres organisés, » comme on dit en histoire naturelle, ont du cœur, il est certainement fossile ; s'ils ont de l'esprit, il leur manque le sens commun ; Dieu même ne les convertirait pas au bon sens, à moins d'y mettre beaucoup de bonne volonté.

Pauvres gens !

Le monde est sous l'influence plus ou moins directe de deux forces actives, énergiques, irrésistibles.

On leur a donné le nom de : — « Salons et Sacristies » — en prenant le contenant pour le contenu. Elles ne règnent pas seulement comme un roi constitutionnel, mais elles gouvernent encore l'individu, la familie et la société.

L'agent moteur et visible de cette double force, c'est la femme.

La femme n'est étrangère à rien de ce qui s'agite dans la vie sociale, intellectuelle, politique et religieuse. Son empire s'exerce dans toutes les affaires humaines où se mêlent les passions, — c'est-à-dire dans tout. — On ne la voit pas souvent paraître dans ces catastrophes qui bouleversent les sociétés, mais elle est toujours dans ces milieux où les opinions se forment, se développent, où les événements se préparent, où l'intrigue noue ses fils.

Elle ne fait pas les lois, mais elle fait pire, a dit je ne sais plus quel écrivain, elle fait les mœurs, mais elle les fait illogiques, détestables. Elle en souffre, se meurtrit, s'enchaîne et ne se corrige pas,

Ce n'est pas l'amour du bien qui la guide,

mais celui du plaisir; elle n'a pas l'énergie de la constance, mais celle de satisfaire ses goûts du moment, ses illusions d'une heure.

Par la conversation, elle est reine partout; sa parole est écoutée, admirée, applaudie, jamais stérile; pour le bien comme pour le mal, elle porte toujours des fruits.

La femme juge ordinairement avec son cœur et non pas avec son esprit, voilà pourquoi elle juge de travers, pourquoi elle sort sans cesse de la question.

Il est superflu de lui demander de la logique; elle ne sait pas ce que c'est; elle aime, elle déteste, elle souffre, mais ne raisonne pas.

Du reste, elle ne peut pas raisonner, car elle croit avoir toujours raison. Elle ne discute pas, elle attaque. Ayant le sentiment de sa propre faiblesse, elle puise dans l'audace la force qui lui manque. Celui qui se défend n'est-il pas généralement moins fort que celui qui attaque ?

Discuter avec elle, c'est passer son temps à se défendre. Inutile d'ajouter que c'est du temps perdu à ne pas se convaincre. Elle a toujours le dernier mot ; aussi, ne pourrait-elle pas servir la messe ; elle ne laisserait jamais dire au prêtre le dernier *Kyrie eleison*, comme le prescrit le rite. Avec elle, les discussions finissent mal ; quand ce n'est pas le cœur qu'elles blessent, c'est l'amour-propre.

Il n'y a que deux choses réellement sérieuses pour les femmes : — l'amour et la souffrance. Le reste est secondaire. Elles sont implacables dans leurs haines. On se demande souvent si leur indifférence n'est pas préférable à leur amour. Un homme aimé est un homme marty-risé à coups d'épingles. A un homme en train de se noyer, elles feront un long discours qui voudra dire : — Aime-moi, prouve-moi que tu m'aimes, tu te sauveras ensuite si tu peux.

La femme, mettant son cœur et ses passions à la place du peu de raison qu'elle a, devient injuste dans toutes les causes dont elle fait partie. L'injustice est un caractère distinctif de la femme. Par orgueil, elle soutient, à tort et à travers, la femme en général; par amour-propre ou par jalousie, elle les déchire toutes en particulier. Si parfois elle est *bon garçon* vis-à-vis d'un homme, si elle fait le premier pas pour une réconciliation, elle restera toujours altière jusqu'à la cruauté, en présence d'une autre femme qui lui disputera le moindre sceptre. Ce sceptre ne dût-il être que le manche à balai du ménage, il n'appartiendra jamais dans le même domaine, à deux femmes amies.

La femme n'a du tact, vis-à-vis d'une autre femme, que pour la faire souffrir. Elle en a si peu pour un homme, comment pourrait-elle en avoir pour une compagne? Quand on dit qu'une femme a du tact et de la délicatesse, un esprit fin est sûr de trouver sous ces apparences trompeuses une satisfaction personnelle. Les femmes n'ont du tact que pour se ménager de petites douceurs. Dans leurs dévouements les plus communs, on retrouve toujours un intérêt caché. Les esprits superficiels seuls s'y laissent prendre.

Pour elles, le MOI passe toujours et quand même avant le TOI. Au fond de toutes leurs actions, de toutes leurs pensées, on retrouve leur propre satisfaction. Elles s'imaginent pourtant le contraire. Elles se posent sans cesse en victimes de leur dévouement, de leurs sentiments, en un mot en victimes de l'homme. Les pauvrettes ne voient pas qu'elles sacrifient leur bonheur à venir à leurs sensations, à leurs idées du présent, et qu'en semant partout l'égoïsme, elles ne peuvent récolter que le mal.

Si les femmes avaient l'esprit d'analyse, si elles voulaient subordonner leurs actes et leurs paroles à la réflexion, elles auraient moins à se plaindre des hommes et s'épargneraient les quatre cinquièmes de leurs propres souffrances. Si elles pouvaient regarder leur âme aussi souvent qu'elles se regardent le visage, elles briseraient vingt miroirs par jour.

Elles ont tellement hâte de jouir qu'elles voudraient pouvoir faire la moisson en même temps que les semailles. Malheureusement, elles ne regardent pas le fond du sac dans lequel elles puisent la semence ; aussi, confondent-elles le bon grain avec l'ivraie. Que d'ivraie leurs doigts roses ne répandent-ils pas autour d'elles !

Moralement parlant, l'homme n'est pas parfait, j'en conviens, mais la femme l'est encore moins. Elle est laide de sa propre laideur et de celle qu'elle impose à l'homme. La femme tient peu à la beauté morale chez elle ; chez l'homme, la force et les beautés physiques ont plus d'attrait pour elle. Aussi, leur idéal est l'homme bien bâti, mais pas trop vertueux. Loin de développer en eux les qualités du cœur et de l'esprit qu'ils peuvent avoir en germe, elle ne les voit pas, elle passe à côté en faisant la moue, ou bien elle les étouffe par des sarcasmes, une indifférence affectée, ou simplement par un manque volontaire, instinctif, de soins.

Les mauvais sujets trouveront toujours de l'indulgence chez les femmes ; elles seront beaucoup plus sévères pour les hommes vertueux et ceux dont les qualités sont purement morales et intellectuelles. Cette dépravation du sens moral, et cette prétention hypocrite de la femme au monopole des beaux sentiments, tiennent à sa nature et à sa situation sociale. Créée pour perpétuer la race humaine, sa nature doit lui faire préférer; — à position égale, — un homme beau et fort à un homme vertueux, intelligent ou spirituel. Sa position sociale, d'un autre côté, lui fait un devoir de préférer, en apparence, toutes les perfections possibles.

Le fond et la forme sont tellement dissemblables chez la femme, qu'il ne faut s'étonner ni des contrastes, ni des contradictions les plus insensées qu'on remarque en elle. Tout cela, c'est dans leur nature.

Que de volumes ne pourrait-on pas écrire et n'a-t-on pas écrit sur cette belle et pauvre partie du genre humain ! Je parlerai de son caractère plus loin. Pour le moment, je dois me limiter à ces quelques mots qui dépeignent le fond du génie féminin, l'esprit typique de la reine des salons.

Salons et sacristies sont deux pouvoirs qui se touchent la main, et, parfois, se disent des in—

2

jures. Ils ont leurs habitués, leurs courtisans,
leurs parasites, et tout le ridicule des cours mi-
croscopiques. M. Edmond About, dans ses *Mariages de Paris*, semble avoir voulu peindre le
local et le personnel de ces salons dans la des-
cription suivante : « — Savez-vous, mademoiselle, ce qu'on voit au faubourg? Des jeunes filles
insipides comme des fruits venus en serre ; des
jeunes femmes perdues de toilette et de vanité ;
des vieilles femmes qui n'ont ni la roideur de nos
aïeules du xviie siècle, ni la verve, ni la bonne
humeur des contemporaines de Louis XV ; des
vieillards hébétés par le whist, des jeunes gens
viveurs et dévots qui embrouillent dans la conversation les noms des chevaux de course et des
prédicateurs ; chez les hommes en âge d'agir,
une politique sans conviction, des regrets fac-
tices, des fidélités qui se mettent en étalage dans
l'espoir qu'il plaira à quelqu'un de les acheter ? »

Si la vanité surannée, l'ambition impuissante ou déçue dominaient seules dans ces réunions d'importants à cheveux blonds, noirs, gris ou blancs, on en rirait ; mais il en sort des miasmes malsains qui se répandent au dehors. On fait donc bien de saper ces lambris dorés qui les abritent, et d'aérer un peu ces vieilleries où la sottise arrogante s'asseoit à côté de la malveillance habile.

Chaque chose a son revers. Hommes et femmes, paroles et gestes, sont comme les médailles avec leur belle physionomie et leur légende. La légende des piliers de salons et de sacristies est ordinairement fort embrouillée. L'exposer au pilori de l'opinion publique, c'est rendre service à l'humanité.

Je ne parlerai pas des gens réellement honnêtes ni des personnes sincèrement religieuses; les uns et les autres sont inattaquables. On les admire quelquefois, on les respecte toujours, on ne les ridiculise jamais. Je ne veux peindre que les visages cachés par un masque.

Avant les détails, il faut esquisser rapidement l'ensemble.

Les salons se divisent en salons — aristocratiques, — littéraires, — artistiques ou bourgeois. Les salons soi-disant religieux ne forment pas une catégorie à part, — ils sont aristocratiques ou bourgeois, jamais artistiques ou littéraires. Les arts et la littérature entraînent des différences de goût qui ne s'accordent pas avec le moule unique dans lequel doivent se fondre toutes les appréciations d'un salon religieux.

Les salons religieux, aristocratiques ou bourgeois, diffèrent entre eux par la livrée des domestiques, la forme du langage et la manière de recevoir. Dans les uns, il y a plus de morgue;

dans les autres, plus de pruderie. Dans tous les deux, on voit des hommes dévots qui jetteront sans hésiter cinq cents francs à la tailleuse de leur femme pour une robe de bal, et discuteront pendant une heure s'il faut donner cent sous à une mère de famille qui meurt de faim.

C'est dans ces salons remplis d'amours-propres étranges, d'antipathies aveugles, de haines béates, que se développent les nullités, l'égoïsme et les jalousies des coteries mesquines. C'est là que les plaies sont envenimées, les sentiments flétris par des lèvres envieuses et des passions non avouées. C'est là que les basses calomnies et les fangeuses insinuations sur les hommes et sur les choses sont prodiguées avec luxe. Ennemis de toute gloire et de tout bonheur, dont ils ne jouissent pas, ces sacristains de salons, en minent sourdement le fragile édifice. Ils voudraient pouvoir briser tous ceux qui les plaignent ou les méprisent. Ils tiennent de la vipère et de la chauve-souris.

Dans les salons religieux, — espèce de thé-riaque vénitienne, par leur nature et la variété des éléments dont ils se composent, — j'ai vu des gandins, cultivateurs de lorettes, être reçus avec empressement par de faux collets-montés à cause de leurs goûts profanes.

Je ne sais pas si le demi-monde vaut moins ou mieux que le monde des salons dont je parle, mais il faut de la logique en tout. Pourquoi tant aimer ces mauvais garnements quand on en dit du mal? Les femmes dévotes seraient-elles du nombre de celles qui donnent leur estime aux gens de cœur et qui se donneraient volontiers elles-mêmes aux libertins qui les flattent?

A Paris, il y a deux genres de sacristies, comme il y a deux espèces de salons.

Dans l'une, on y respire l'odeur de l'encens,

on y voit les fleurs, les ornements qui servent à décorer les autels, on y entend les chuchottements de ceux qui s'occupent du service divin et qui prient Dieu. — C'est la sacristie du prêtre.

Dans l'autre, on y sent le musc, le patchouli ; on y voit des registres, de l'encre, des siéges, des robes de soie, des crinolines, des curés pretentieux, des abbés Louís XV ; on y entend des discussions à l'amiable sur le prix des enterrements, des contre-basses et des mariages au rabais. C'est là que se tient la comptabilité du culte ; c'est le bureau, le salon de l'église. — C'est la sacristie du monde.

De l'une en sort la prière et les bénédictions du ciel. De l'autre.... cela dépend de celle ou de celui qui entre ; mais il n'en sort jamais rien de sain, de consolant pour l'âme.

Dans la première. se tiennent ces prêtres qui

savent mettre de l'onction dans les choses les
plus simples, de la dignité dans les actions les
plus communes de leur ministère. Ceux-là ont
toujours une bonne parole pour les pauvres ;
leur bourse n'est jamais fermée pour la misère.
Sur leur livre d'adresses, on y lit moins de
noms de marquises, de comtesses, de femmes de
banquiers ou d'agents de change que d'ouvriers
infirmes et de malheureux. Ils fréquentent peu
les hôtels et les salons ; mais ils sont souvent
fourrés dans les mansardes à consoler ceux
qu'ils ne peuvent secourir.

Ces dignes ministres de Dieu restent dix,
vingt et trente ans, cinquième ou dixième vicaire de la même paroisse. On a tant à faire dans
les évêchés qu'on oublie facilement ceux qui ne
sont pas recommandés par les nobles et les riches
du diocèse.

Dans la sacristie du monde, se réunissent

ceux qui veulent de l'avancement. C'est là que
les cotillons s'approchent des soutanes en faveur
pour se concerter sur les moyens d'obtenir une
cure, une mitre.

Les jeunes vicaires et les vieux curés de cette
catégorie lisent rarement l'Évangile dans lequel
il est dit : — « Les premiers seront les derniers
et les derniers seront les premiers dans le
royaume de Dieu. » — Ils n'aimeraient pas laver
les pieds de leurs semblables : ces choses-là sont
bonnes pour le Christ.

Ce personnel mérite d'être connu ; j'en parlerai
tout à l'heure, avec détails.

FEMMES HONNÊTES

ET

FEMMES VERTUEUSES

FEMMES HONNÊTES ET FEMMES

VERTUEUSES

J'ai dit que la femme régnait dans les salons
et qu'elle faisait les mœurs de la société ; avant
de le prouver, il faut jeter un coup d'œil sur les
plis secrets de son âme, ses sentiments intimes
et ses passions cachées.

En généralisant le type féminin on en fait un
être impossible, léger, fantasque, admirable,

3

joli comme l'amour lui-même, pétri de dévouements imaginaires et de vertus chimériques,
orné de beautés morales éphémères, de qualités
avariées par l'égoïsme, aux instincts nobles ou
plébéiens. En un mot, on en fait des créatures
étranges, des monstruosités adorables, à montrer
par curiosité, s'ils étaient plus rares.

Découvrir la vérité au milieu de ce dédale
d'appréciations diverses, est chose malaisée. Il
faut disséquer la femme pour l'étudier. Définir
ce produit bizarre de la création, en supposant
qu'on puisse y parvenir, ce n'est point le connaître. Les définitions et les comparaisons, comme
les gens boiteux, clochent toujours d'un côté ou
d'autre.

Ne pourrait-on pas classer les femmes en quatre
catégories ?

— La femme vertueuse, dont on ne dit que
du bien.

— La femme honnête dont on peut dire quelque chose, bien ou mal.

— La femme dévote sur laquelle il y a beaucoup à dire.

— Enfin la femme déjà croquée de toutes façons et par bien des gens. Ces femmes-là n'appartiennent au sexe féminin que pour la forme. Je crois l'avoir entendue nommer — « omnibus » — par Alphonse Karr. Je lui laisse ce nom, et n'en parlerai pas, car je ne la connais pas.

Chacune de ces catégories se subdivise en plusieurs genres, ayant chacun leurs variétés.

La femme vertueuse est toujours honnête et souvent dévote, — dans le bon sens du mot. — Elle ne pose jamais. Il est doux de la voir ; son maintien modeste est naturel, plein de grâce et de charmes ; elle est aimable, pieuse ; à elle-même sévère, indulgente aux autres ; elle a des sourires pour toutes les joies, des larmes pour toutes les douleurs.

Son âme rayonne d'une céleste sérénité, déborde de tendresse et de dévouements. On la prie comme une sainte, on l'admire comme une chose éthérée. Le langage humain, — pauvre en expressions, — l'appelle « — ange. » — Ce n'est point assez. Il est si difficile de rester ange dans une société qui ne les aime pas et macule la robe étincelante de Dieu lui-même. Comment peindre de telles femmes?

La catégorie des femmes honnêtes comprend les divisions suivantes :

— La femme non mariée qui n'a pas encore eu d'amant et fait de la tapisserie.

— La femme mariée, dont le bonheur s'éclaire encore aux doux rayons de la lune de miel. — La présence de cet astre au zénith conjugal est d'une durée très-variable.

— La femme dans les veines de laquelle circule du sirop de groseille en guise de sang. — On en voit devenir mères légitimement, mais ce n'est pas de leur faute. Elles sont honnêtes sans s'en douter. Elles sont généralement lymphatiques. Jamais le champagne et les truffes ne leur mettront en main le canif adultère.

— La femme à laquelle l'âge rend la vertu indispensable.

— La femme qui n'a pas été tentée et ne pouvait l'être à cause de sa laideur, de son caractère ou de sa position. '

— La femme à barbe.

Les femmes honnêtes non comprises dans cette statistique sont des mythes. La lanterne de Diogène ne saurait les découvrir dans leur cachette, — si cachette il y a.

Il ne faut pas confondre la femme honnête avec celle qui est dévote, encore moins avec la femme vertueuse. Malheureusement, les myopes, — et il y en a beaucoup dans le monde, — commettent cette erreur. La différence est pourtant remarquable.

La femme honnête est quelquefois dévote, mais la femme dévote n'est pas nécessairement honnête.

La conscience de la femme honnête lui permet parfois de faire des fautes, mais à la condition qu'elles ne porteront préjudice à personne, ou seulement à celle qui les commet.

La conscience de la femme dévote, au contraire, lui permet de faire du mal à tout le monde, pourvu qu'elle n'en souffre pas elle-même.

Dans ses actions, la femme honnête ménage les convenances, le *qu'en dira-t-on*, l'opinion publique, — sortes de freins dans lesquels il se trouve bien des pailles qui les rendent peu solides.

La femme dévote ne parle et n'agit qu'au nom de sa conscience, — objet métaphysique impalpable comme les spectres, et pourtant assez élastique pour tolérer la médisance, le mensonge, l'envie, la calomnie, voire même de mettre la corde au cou des gens qui ne lui conviennent pas.

La première peut bien mentir ou tromper aussi neuf fois sur dix, c'est pour éviter un mal à quelqu'un, fût-ce à elle-même. La dixième fois peut s'enregistrer à l'article — « divers. »

La seconde ment plus facilement, toujours par obligation de conscience ; neuf fois sur dix, c'est pour faire du mal à quelqu'un. La dixième fois, c'est pour faire du bien à Pierre aux dépens de Paul.

Madame Swetchine disait : — « Je veux bien que l'on soit saint, mais je veux avant tout que l'on soit honnête... » — Madame Swetchine

n'est qu'une radoteuse, un bas-bleu, une vertu
rance, pour ces femmes appartenant à toutes les
congrégations de la paroisse. Les hommes qui
fréquentent ces dames disent comme elles.

Les femmes honnêtes tiennent moins à leur
vertu qu'à leur réputation. Beaucoup pleurent la
perte de leur vertu dont elles ne peuvent plus
faire hommage à celui qui leur plaît.

On distingue une femme honnête, dit M. Sar-
dou, — « au mal qu'elle se donne pour n'en pas
avoir l'air. »

Pourquoi la marchandise serait-elle meilleure
que l'enseigne? Les femmes honnêtes ont le costume et les manières, sinon le langage, de celles
qui ne le sont pas. Quand le drapeau du
vice a plus d'attrait que celui de la vertu, au
premier coup de feu l'on déserte l'un pour aller
vers l'autre.

En somme, ce qu'il y a de plus clair dans

cette esquisse de la femme honnête, c'est qu'elle pourrait l'être davantage.

Voici, je crois, la cause de ce penchant général du monde des salons à ressembler au monde des trottoirs.

L'Anglais est marchand, l'Espagnol amoureux, l'Italien artiste, l'Allemand fumeur, le Turc paresseux, le Français est à la fois tout cela. Cette multitude de tendances lui fêle le cerveau, lui brouille les idées et les sentiments. Tantôt il veut astreindre l'âme au domaine matériel ; tantôt il veut donner à la matière, aux sens, la liberté de l'âme.

Si l'âme conserve quelque chose de généreux jusque dans ses écarts, la matière, c'est-à-dire le culte du moi, pétrifie le cœur et le rend insensible à toute action sublime.

Cet amalgame de goûts opposés, ce mélange d'aspirations contradictoires, combinés avec nos

3.

mœurs illogiques peuplent nos salons d'adul-
tères, encombrent nos rues de bâtards et mul-
tiplient tellement le nombre des mauvais ménages,
que la beauté de la vie conjugale s'étiole au bout
d'une lune, comme disent les sauvages. Encore
faut-il remarquer que la lune se divise en
quatre quartiers, et que les nuages la voilent
souvent.

Les gens honnêtes ne permettent pas aux
jeunes filles de connaître les hommes auxquels
on lie leur destinée. Si les jeunes filles se con-
duisaient en France comme elles se conduisent
en Amérique ou même en Angleterre, — lorsqu'il s'agit de leur mariage, — elles seraient
perdues de réputation. Leur réputation, ou, pour
mieux dire, les préjugés de leurs parents doivent passer avant leur bonheur et celui de leur
mari.

Deux jeunes gens honnêtes peuvent se voir,

mais non se connaître avant leur mariage. La morale le veut ainsi.

Les conséquences de cet axiome du droit matrimonial français se sont fait sentir sur les individus, sur les familles et sur l'état social du pays.

Si les hommes étaient heureux dans leur intérieur domestique, ils ne chercheraient pas dans la politique ou les amours faciles des distractions ou l'oubli. Les femmes heureuses ne rafoleraient pas des aventures romanesques loin du foyer paternel ou conjugal. Avec un peu plus de bonheur, la vertu et la fidélité feraient moins de « cascades. »

Dans le monde honnête, il y a deux sortes d'alliance :

— Le mariage par amour et le mariage de convenance.

Le premier, — excessivement rare, — se fait

par les deux parties contractantes. Le second se mitonne entre les parents à l'insu des enfants, souvent malgré eux.

Les mariages d'amour sont ridiculisés par les honnêtes gens et les libertins. Les uns ne voient dans l'union conjugale qu'une position, un avenir déterminé ; les autres ne lui demandent que du plaisir. Les égoïstes n'y recherchent que leurs intérêts.

On n'appelle pas mariage d'amour ces unions hétérogènes d'une passion avec un sentiment, d'un sentiment avec un intérêt.

Dans les mariages de convenance, la dot ou la position sociale sont seules en cause. On nomme cela — spéculation matrimoniale. — On fait litière des sentiments, du caractère et de la personne à laquelle on veut unir un fils ou une fille.

L'homme et la femme unis par ce mariage

deviennent des enseignes vivantes, faites pour le public. Les uns indiquent la fortune et la vanité, les autres le calcul et la bassesse humaine.

Les mariages d'amour n'ont pas d'enseigne. Ils ont volé le bonheur et le cachent aux profanes, de crainte de le perdre.

Le rôle du père et de celui de la mère, dans les spéculations matrimoniales, n'est pas toujours le même.

Le père s'occupe plus excessivement de l'harmonie des bourses et des positions. La mère, — femme en tout, — pense à l'harmonie des personnes. Les deux parents, dans le choix d'un mari pour leur fille, recherchent un « parti, » et non pas un ami, un guide. Ce parti doit, avant tout, pouvoir faire porter à sa femme des robes de soie dans les rues, et montrer ses épaules dans les bals, le plus souvent possible.

A bien considérer, le fond de ces contrats n'est

pas beau. N'est-ce pas la vertu d'une fille mise aux enchères, adjugée aux plus gros sacs d'écus, à l'habit le plus brodé, aux parchemins les plus vieux ?

Le bonheur, l'avenir, sont des mots qui servent au succès du projet, à la signature du contrat ; l'amour, c'est du roman. Les romans sont bons pour les goujats ; le positivisme de notre époque les répudie.

Une jeune fille honnête, vaccinée, touchant du piano, ayant robes et volailles à foison, doit se donner à celui qui convient le mieux à ses parents, lors même qu'elle ne saurait l'aimer, et qu'elle ne le connaît pas ; elle doit refuser la main de celui qu'elle connaît et qu'elle aime. La plus ou moins grande capacité d'un coffre-fort ne constitue-t-elle pas la valeur d'un individu, et les meilleurs garanties de félicité future ?

Ces marchés, légalisés par le maire, sanctifiés

par le prêtre, sont-ils plus moraux que ceux de ces jeunes filles qui, poussées par la mauvaise éducation ou trompées par des êtres sans cœur, se donnent au premier venu pour acheter du pain ou des vêtements?

La différence entre les unions légitimes, de convenances, — et celles qui ne le sont pas, — est assez grande, même en dehors du sacrement et de la légalité. Pour les unes, ce sont les parents qui vendent à vie et fort cher ce que, dans les autres, les femmes elles-mêmes donnent au rabais et à terme.

La femme élevée si haut par la poésie chrétienne et par les imaginations d'élite, devient ainsi dans la société une marchandise dont la **valeur de convention** est toute extrinsèque. Sa beauté morale passe par-dessus le marché, elle ne compte pas.

Une fois mariée, la femme est moins une

amie, une compagne qu'une mère. N'est-ce point la mettre sur la même ligne que la brute qui est mère aussi?

On appelle — femme à barbe — un produit inventé longtemps avant celui de mademoiselle Thérésa.

La femme à barbe n'est vertueuse qu'à l'état de phénomène, d'exception; il y en a d'honnêtes et de légères. Elle n'a pas d'âge; il y en a de jeunes filles et de mariées.

Les honnêtes sont celles dont les goûts masculins leur ont fait renoncer à la réserve, à la modestie, au charme de leur sexe, pour adopter les allures de l'homme.

Monter à cheval, conduire une voiture, tirer du pistolet, fumer le cigare ou la cigarette, sont les amusement favoris de la femme à barbe.

Esprit inquiet, vif, emporté, elle a horreur de l'aiguille et du crochet; elle dessine, elle peint,

mais elle ne coud pas. Elle voudrait être homme ;
elle déteste les femmes, en dit du mal, en voit le
moins possible dans son intimité. Son verbe
est éclatant, son langage hardi, ses gestes impertinents, ses manières masculines, sa tournure
cavalière. Tout en elle est contraste et contradic-
tion ; la femme et l'homme se disputent le terrain et sont tour à tour vainqueur ou vaincu.
On ne sait à qui s'adresser. Son bonheur est de
montrer un caractère viril. Le genre féminin lui
déplaît, l'ennuie.

Pourquoi la police ne permet-elle pas à ces
femmes de porter des pantalons de drap, en
place de leurs crinolines? On les reconnaîtrait
de loin. Elles ont déjà pris le paletot, le chapeau ;
elles ont abandonné la robe traînante pour le
jupon court qui donne aux jambes de l'air, de
la lumière et de la liberté. Le jupon sera-t-il
bientôt supprimé?

La femme à barbe, — honnête, — devient avec l'âge le maître du logis, le régisseur, le majordome ; on peut se fier à elle pour les chiffres, elle sait les aligner ; dans sa jeunesse, elle savait si peu calculer !

J'avais toujours cru que ce qu'on aimait le mieux dans la femme, c'était la femme !

Aime-t-on jamais celle qu'on n'estime pas ? Ce qu'on estime en elle n'est-ce pas sa douceur angélique, sa grâce enfantine, sa pudeur instinctive, son innocence naïve, cette timidité touchante et tous ces dons particuliers à son sexe ? Ces dons n'ont-ils pas été répandus sur elle par le créateur pour embellir l'existence, adoucir le labeur, reposer la vue, l'esprit et le cœur de l'homme fatigué des luttes perpétuelles de la vie humaine ?

Enlever à la femme ses qualités naturelles, n'est-ce point la dépouiller de tous ses charmes.

de toutes ses séductions? Que reste-t-il d'elle quand elle piétine ainsi sur les seuls trésors qui la rendent si riche, si puissante, si belle aux yeux de l'homme? Un être hybride, avorté, ridicule, qui donne moins de plaisir qu'un autre, avec lequel on joue; ayant du fard sur les lèvres, de la glace dans l'ivresse d'un faux baiser, du délire excité par le champagne ou la chaleur d'un sang jeune encore.

C'est triste!

Ordinairement la femme à barbe, — honnête, — a moins de religion que la femme légère. C'est bizarre, mais c'est ainsi. Elle n'aime pas l'église, ni la prière. A ses yeux, la messe n'est bonne que pour les petites filles, les vieilles perruques et les gens qui ont la pituite. Dieu!.....

..... « Qué-que-c'est que çà, mamzelle? »

Elles l'ignorent.

Une femme qui n'adore pas Dieu, s'adore elle-même. Catholique, protestante ou juive, la femme qui ne prie pas, est un mensonge de la nature; c'est un être avarié, hideux, incomplet, qui attriste le regard.

Quelle est la femme qui n'a pas une mère, un époux, un fils, un être aimé pour lequel elle craint ou désire quelque chose, pour lequel elle doit aimer, prier? La femme qui ne prie pas pour quelqu'un n'aime personne; son cœur atrophié n'a jamais battu que sous l'influence de l'amour-propre froissé. Compter sur elle au jour des grandes épreuves de la vie, c'est s'attendre à de bien amères déceptions.

Elle a de l'esprit, de l'imagination, du vernis, mais de la poésie, jamais! La poésie, fille du ciel, est frileuse. Quand une âme n'est pas réchauffée par un petit brin d'amour de Dieu, elle va plus loin chercher un asile moins froid.

Les sentiments de la femme qui ne prie pas

sont à la surface, sur les lèvres, sous la racine des tubes capillaires, dans les gestes ; ils ne pénètrent jamais jusqu'au cœur.

Elle est insensible au spectacle touchant, à ce poëme divin d'une femme agenouillée devant un berceau, au pied des autels ou sur une tombe, et dont la parole inarticulée est pourtant entendue du ciel.

J'ai connu deux jeunes femmes à barbe qui me donnaient des frissons, seulement en les regardant.

L'une, poëte, faisait des vers sur les chemins de fer et les locomotives. Quand l'Académie mettra au concours une pièce en vers intitulée : — *De l'influence des bretelles élastiques sur la civilisation étrusque*, — mon poëte en jupons gagnera le prix.

L'autre, riche à millions, n'a jamais un centime pour les pauvres, jamais une tendresse pour les siens. Dans son sein, stérile comme le désert, flétri comme la malédiction, les sentiments de fille, d'épouse et de mère, n'ont jamais pu germer.

La femme à barbe, amante passionnée des extrêmes, devient souvent religieuse, quand elle prie ; athée, lorsqu'elle ne prie pas. Celle qui ne tient pas à sa vertu, la prodigue comme chose de peu de valeur. Une fois son bonnet jeté par-dessus les moulins, elle ne connaît plus d'obstacle à ses excentricités et ses caprices.

Dans ce qu'elle fait, ce qu'elle veut, ce qu'elle dit, elle met une logique ébouriffée, moitié virile, moitié féminine, qui déconcerte le bon sens et la raison. Discuter est inutile, impossible ; elle ne discute pas, elle frappe ; quand on croit la saisir, elle a déjà glissé dans la main et mordu à belles dents.

Remplie d'indulgence pour ses égales ou ses

inférieures, elle est acerbe et mordante pour les
femmes vraiment honnêtes. Cela se comprend.
Trop esclave de ses passions pour s'en affranchir,
trop faible pour s'élever à la hauteur de la femme
vertueuse, elle abaisse celle qu'elle ne peut ou
ne veut pas imiter. Elle traite d'hypocrite la
femme chaste, elle souille de ses lèvres railleuses
les actions les plus simples et les intentions les
plus pures. Elle voudrait excuser ses fautes,
même à ses propres yeux, en mettant toutes les
femmes au niveau des cocottes.

Chose étrange! à part ces défauts, la femme
à barbe, — légère, — est pétrie de qualités.
Elle est bonne envers tous ceux qui souffrent;
elle est intelligente, spirituelle, généreuse, pas
ou peu coquette, facile à tromper comme un enfant. On l'aime malgré soi pour ses qualités in-
contestables, tandis que ses défauts ou ses travers, non moins évidents, découragent les

affections durables. Elle n'a qu'une haine qui, peut-être, n'est qu'une envie non avouée, celle de la femme heureuse, estimée, respectée par ses vertus ou sa position sociale.

Les femmes à barbe produiraient de grandes actrices, des artistes célèbres, si leur naissance, leur éducation hétérogène ou leur petit caractère indépendant et despote ne les éloignaient pas d'un travail assidu.

Leur imagination, toujours à l'état d'ébullition, fausse leur esprit et leur jugement, de sorte qu'elle tourne dans un cercle qui est l'antithèse du sens commun et qu'elles baptisent du nom de raison. Elles se trompent elles-mêmes sans s'en douter.

Elles accusent l'univers entier des mauvais jours qu'elles se sont préparés, des malheurs qu'elles se sont attirés en sortant de leur sphère. Elles rappellent le sable des déserts, sillonné de

petites aspérités formées par tous les vents,
n'ayant pour verdure que des plantes ligneuses,
sombres, rarement fleuries. On ne saurait faire
un pas sans donner du pied contre ces aspérités,
dans lesquelles on s'enfonce, dès qu'on les touche,
au lieu de les aplanir.

Malheur à ces cœurs d'élite, sensibles et déli-
cats, qui s'éprendraient sérieusement d'une de
ces femmes, sans la connaître. Bientôt elle aurait
bouleversé de fond en comble son existence entière et sa personnalité. Il verrait tous les jours
ses illusions tomber une à une. Le frottement
continuel de son tact féminin, de ses aspirations
les plus justes et les plus nobles, contre les an-
gles d'une nature aigrie, dévoyée, lui coupe-
rait bientôt les ailes, le ferait vite tomber des
régions éthérées de l'idéal tant rêvé, dans le
gouffre de la réalité bourgeoise.

La femme à barbe, pour l'homme amant du

4

beau, du vrai, est un hiver perpétuel. A vingt ans, elle est moralement usée, blasée, comme une femme de cinquante ; elle en a la fatigue et l'égoïsme, sans en avoir la raison.

Pauvres créatures ! Combien cette livrée d'emprunt dont elles s'affublent leur sied mal, les fait souffrir, les rend malheureuses ! Quand elles n'ont plus l'enthousiasme éphémère qui les rendait plus fortes qu'un homme, elles deviennent plus faibles qu'une femme, parce qu'elles n'en ont pas la résignation sublime.

MÈRES ET BELLES-MÈRES

MÈRES ET BELLES-MÈRES

La femme honnête n'a jamais été bien étudiée dans sa qualité de mère et dans son amour maternel.

Le dévouement et l'amour maternel d'une mère pour ses enfants atteignent parfois le sublime, mais ils se transforment généralement en égoïsme lorsque l'enfant devient homme ou

4.

femme, et surtout quand une autre affection fait pâlir l'amour filial.

Cette métamorphose trouve une sorte d'explication dans la loi qui régit tous les êtres organisés.

Tant que l'enfant a besoin de soins assidus pour se développer, il a ceux de sa mère. Lorsque vient l'époque de la reproduction, ces soins ne sont plus indispensables, l'œuvre de la nature marche toute seule. La femme descend alors de son piédestal de mère et reprend toutes les faiblesses de l'humanité.

L'amour maternel croît en sens inverse de l'amour conjugal. Quand une femme n'aime plus son mari, elle adore ses enfants.

La femme aime les fortes sensations. Dans sa jeunesse, elle fait résonner à tour de bras, c'est-à-dire autant qu'elle peut, toutes les cordes de l'amour. Lorsque cet amour s'étiole, se blase, s'éteint, elle reporte sur ses enfants les trésors d'affection qu'elle retire de son intérieur domestique ou dont on ne veut plus.

Sa nature riche et merveilleusement organisée opère ces virements sans effectuer, d'habitude, trop de secousse.

L'amour maternel de bien des femmes ressemble à celui de ces animaux qui tuent leur progéniture pour l'empêcher de mourir de faim. Il y a des mères qui font mourir à petit feu leurs enfants mariés, plutôt que de les laisser vivre heureux, sans elles, loin de leur giron ou de leur influence.

Une mère se dévoue facilement pour un fils; pour une fille, elle est autant femme que mère. Vis-à-vis d'une fille de seize ans, ce n'est plus qu'une gouvernante, fréquemment sévère, quelquefois jalouse. Elle exagère sa responsabilité pour redoubler sa surveillance; elle fait souvent alors, dans le cœur ou l'imagination de son enfant, un mal réel, irréparable, sous prétexte de lui en éviter un lointain, douteux, imaginaire même.

L'amour maternel pour des enfants adultes est généralement de l'égoïsme, plus ou moins déguisé. Le dévouement, — pierre de touche des affections généreuses, — dévoile bientôt l'or vrai du faux.

Il est immense le nombre des gens honnêtes qui ne veulent marier leurs enfants que le plus tard possible, afin d'en jouir plus longtemps. Il est également considérable celui des parents qui, pour ne pas s'en séparer du tout, font coiffer sainte Catherine par leurs filles.

J'ai connu une dame noble, riche, veuve et mère de deux jeunes filles remarquablement belles, des perfections sous le point du vue du cœur, de l'esprit, de l'intelligence et de l'éduca-

tion. A vingt-trois ans, la plus jeune n'était pas
encore mariée pour deux raisons : la première,
— celle qu'on avouait, — parce qu'on n'avait
pas trouvé pour l'aînée, la préférée, d'homme
assez titré, assez riche, assez accompli. La
seconde, — celle qu'on n'avouait pas, — parce
que la mère ne voulait pas se séparer de ses
filles et rester seule.

Il se présenta des marquis, des princes, des
millionnaires, tous furent refusés, sous les pré-
textes les plus futiles. Le Père Éternel aurait
envoyé du ciel un ange possédant tous les trésors
de la terre, on aurait encore trouvé qu'il ne
savait pas assez le français ou que ses plumes
n'étaient pas assez blanches.

La plus jeune, fatiguée de cette situation,
dont elle souffrait le plus, épousa, pour quitter
sa mère, un homme sans titre et peu fortuné.
Sa sœur finit par se marier à trente ans avec **un**

simple propriétaire dont elle avait refusé la main trois ans auparavant.

Ces exemples ne sont pas rares.

Lorsque l'âge des passions s'enfuit; et que son cœur se refroidit, alors s'ouvre pour la femme, en général, l'heure du repos forcé, du règne de la raison obligatoire, des longues tristesses, de la nullité, des mauvais sentiments, de la dévotion ou de l'intrigue pour le compte du prochain.

Gare à ceux qui s'approchent des femmes dont le monde ne veut plus qu'à titre de passe-temps. Mari, enfants, famille, amis, apprennent bientôt que cette mise à la retraite n'adoucit pas le caractère des femmes du monde. Elles appliquent la torture à toutes les réputations indépendantes, à tous les cœurs aimants, et pour mieux dissimuler leurs coups, elles prennent leurs gants les plus veloutés, leur voix la plus douce.

La femme des salons, comme celle des sacristies, ne pardonne jamais une retraite qu'elle croit prématurée. Sa rancune se fait sentir de préférence contre tout ce qui est jeune et beau ; — ce qu'elle n'est plus, ce qu'elle n'a plus.

Quand ces femmes sont veuves et belles-mères, elles gaspillent souvent une bonne partie de la fortune de leurs enfants à satisfaire mille caprices.

La belle-mère est une créature féline, aveugle dans ses tendresses comme dans ses haines, toujours prête à déchirer son gendre ou sa bru, jamais disposée à rester tranquille dans son antre garni de tapis, et parfois de chiens, de chats et de perroquets.

Un jeune ménage sur lequel planent deux belles-mères est jugé, condamné au malheur forcé à perpétuité. Des considérations de famille, d'intérêt matériel, la confiance naturelle, l'ignorance naïve du jeune couple les mettront bien vite à la merci de la belle-mère qui connaîtra le mieux son métier, de la plus désœuvrée des deux, sinon de la plus méchante.

Les lois divines et sociales prescrivent à l'homme qui se marie de laisser père et mère pour se dévouer au bonheur de celle qui quitte père et mère pour le suivre, qui lui confie sa vie, son avenir, l'avenir et la vie des enfants à naître. L'homme, — se croyant plus sage que Dieu et la société, — croit pouvoir allier les exigences de sa nouvelle position aux habitudes de l'ancienne. Il laisse mère et belle-mère mettre une main curieuse, imprudente, dans son nid d'amour et de joies intimes; nid charmant et fragile dans lequel personne ne doit pénétrer, qu'aucun regard ne doit profaner. Le nid découvert, adieu, bonheur! adieu, mystères! adieu, doux rayons de la lune de miel!

Le prosaïsme brutal de la vie commence.

Absorbées par leurs plaisirs et les aventures galantes, bien des femmes de trente à quarante ans confient l'éducation de leur progéniture à des soins mercenaires. Lorsque l'âge met un terme aux bonnes fortunes, elles se jettent dans la dévotion et s'entourent des fétiches de sacristies, qu'elles n'ont plus dans le monde. Leur cœur n'étant jamais entré en fin de compte dans leurs conquêtes passées, elles ne comprennent que les passions grivoises. — Elles en fourrent partout.—Elles brouillent tous les ménages dans lesquels elles mettent le nez, à commencer par celui de leurs enfants ; elles salissent toutes les amitiés et paralysent tous les vrais dévouements.

La belle-mère riche et dévote crie dans le monde, pour se faire admirer, qu'elle se ruine pour ses enfants, parce qu'elle leur donne par-ci, par-là des bibelots de bazar, des vêtements à bon marché, mais elle ne dit pas qu'elle compromet leur fortune en faisant, à leurs dépens, des cadeaux aux églises, aux couvents, aux abbés, aux évêques; cadeaux faits souvent au moyen de transactions onéreuses pour la famille.

Ne pouvant pas toujours éblouir par le côté financier ceux qui vivent dans son intimité, elle essaye d'éblouir d'autres yeux par une générosité factice, intéressée. Ne faisant jamais rien pour rien, elle sème l'impossible pour récolter l'influence et la considération. Elle est le tartufe du tripotage.

On en voit qui ne se contentent pas de se ruiner par des dépenses coupables, dans un but plus ou moins personnel, plus ou moins religieux, mais qui travaillent encore à détruire le bonheur de leurs enfants par envie, par jalousie, par haine contre leur belle-fille.

Ne respectant pas même la pudeur du mariage, elles pénètrent chaque matin dans le sanctuaire conjugal pour y apprendre les secrets de la nuit, et y chercher un joint à leurs machinations secrètes.

Elles savent infiltrer, avec une froide perfidie, dans l'âme de leur belle-fille, le venin de la science du bien et du mal, afin de jeter le trouble et l'inquiétude dans chaque acte, chaque sentiment de celle qui est encore innocente et chaste. Souillées et tarées jusqu'à la moelle des os, malgré leurs apparences de piété sublime, elles répandent dans l'imagination de la jeune femme assez d'ordures pour ternir la pureté d'un séraphin.

L'innocence, — amie de Dieu, — n'est-elle pas plus forte que la science du mal, — amie du démon, — pour protéger une femme contre la corruption de la société? Une femme qui se res-

pecte, ne sait-elle pas se faire respecter partout?
Celles que l'on insulte ne s'y prêtent-elles pas un
peu?

Tandis que l'on apprend ainsi la science du
bien et du mal à sa femme, le mari est absent,
il chasse, il s'amuse, il ne songe guère qu'on est
en train, chez lui, de faire une lorette du grand
monde de celle qu'il a juré de défendre, et sur
laquelle il doit veiller comme une mère sur un
berceau. Puis, un jour, il s'arrachera les cheveux
de désespoir en voyant de la fausse monnaie à la
place de l'or pur qu'il croyait posséder. A qui la
faute?

Ce n'est pas lui qui est à plaindre, c'est sa
femme. Il chassait, il s'amusait, pendant qu'il
avait un trésor à conserver; maintenant qu'il ne
l'a plus, il pourra bien s'amuser et chasser davantage, on n'a plus rien à lui voler. La fidélité
d'une femme innocente et chaste vaut-elle la

possession d'un lièvre ou d'un lapin ? Puis, n'a-t-il pas l'espérance que si sa femme est instruite dans l'art de tromper, elle ne le trompe pas pour cela ? Et, satisfait de cet espoir, il continue la chasse, les plaisirs, en joyeuse compagnie; la belle-mère, de son côté, continue ses récits d'aventures galantes, son enseignement des roueries infâmes qui doivent bientôt ébranler la vertu de sa belle-fille.

L'égoïsme de la belle-mère se traduit par des actes imperceptibles aux myopes, mais dont les conséquences sont toujours funestes, même pour son fils. Elle l'isole peu à peu de tous ceux qu'il aime et qui l'aiment, afin de l'absorber plus complétement, non pour le rendre heureux, mais pour en jouir plus librement comme au temps de sa minorité. Elle veut qu'il s'occupe d'elle; elle le veut à tout prix, pour en disposer à sa guise et régner sourdement dans son ménage.

La loi des compensations est universelle; sans elle le monde serait un chaos effrayant. Pourquoi le bonheur conjugal ne serait-il pas soumis à cette loi? Il a pour pierre de touche, pour régulateur, pour contrepoids, deux femmes. Dieu les fit mères; le diable les rend marâtres, c'est-à-dire, belles-mères.

En général, les hommes ne manquent pas de conseils pour éviter les écueils de la vie; amis et parents semblent conspirer ensemble pour les en bourrer du matin au soir. Si l'on en suivait la moitié, on devrait être heureux et parfaits comme des anges. En attendant, on les fait mourir de phtisie, de chagrin ou d'ennui pour leur bonheur. Rien n'est implacable comme une belle-mère sur ce chapitre. De tous les droits qu'elle a ou qu'elle se donne, celui de se taire est le seul dont elle n'use pas.

C'est de tous les mentors d'un jeune ménage

celui qui s'impose le plus lourdement, celui qui fait le plus de mal, avec ou sans bonnes intentions. Elle a deux poids, deux mesures et deux langages. Les uns pour ses enfants, les autres pour le gendre ou la belle-fille. Dans les uns, elle ne voit que les qualités; dans les autres, les défauts.

Elle se dédommage de la tutelle perdue par la volonté de gouverner adroitement. Le meilleur moyen de régner est de diviser les partis; elle divise pour régner. C'est elle qui fait naître ces premiers froissements du cœur ou de l'amour-propre, gelées précoces de la vie conjugale, tristes messagères des longues et froides journées de l'hiver matrimonial.

Lorsque ce souffle glacé passe sur deux créatures unies devant Dieu et devant les hommes par les liens du mariage, il leur met aussitôt sur les yeux des lunettes à double verre. L'un grossit les fautes et les défauts de l'être aimé, l'autre rapetisse ses qualités et ses dévouements.

La morale des femmes du grand monde, — à bonnes fortunes, — devenues dévotes par désœuvrement ou par l'âge, non par amour de la vertu, est plus dangereuse que celle d'une cocotte patentée. On ne se méfie pas de la première ; la seconde, jugée d'avance, n'a jamais d'influence sur les âmes honnêtes.

Il serait à désirer qu'un homme ne laissât jamais sa femme seule avec sa belle-mère, car il y en a qui ne se contentent pas de détester leur belle-fille, de dépraver leur cœur, leur imagination, leurs sentiments, par des récits inconvenants, des détails sur les passions mauvaises, mais qui leur font, en outre, un cas de conscience de dévoiler à leur mari ces petites turpitudes.

Il faut que la pudeur et la dignité de mère

soient bien peu de chose pour passer après la coupable curiosité de la femme! Instruire ou questionner sa fille ou sa belle-fille sur ces choses dont l'ignorance est un attrait de plus, a des charmes que la mère véritablement honnête ignore.

Quand une femme est pauvre, — en vertus surtout, — elle n'aime pas voir les autres riches, fût-ce son enfant, lorsqu'il appartient à un autre.

Une jeune femme m'affirmait un jour que sa belle-mère, — dévote comme personne, vrai pilier de sacristie, — lui parlait quelquefois même de gravures obscènes qu'elle s'était fait montrer en chemin de fer par un voyageur qui les avait sur lui.

« Jamais, ajouta-t-elle, cette femme ne saura le mal qu'elle m'a fait en me révélant tant d'horreurs et d'infamies. Pourquoi ne m'a-t-elle pas laissé mon ignorance? N'était-ce pas assez de

5.

tout ce que devait m'apprendre le mariage?
Qu'elle est à plaindre de ne trouver en elle et
de ne voir partout qu'horreurs et laideur morale !
Elle ne doit pouvoir pas rester cinq minutes
seule avec elle-même, car un cœur si taré, un
esprit si dévergondé, une imagination si dépra-
vée, sont une bien mauvaise compagnie. »

J'ai connu une de ces femmes, noble et riche,
qui méprisait un de ses enfants, parce qu'il
était disgracié de la nature. Plus tard, elle le
prit en haine parce que, ne pouvant plus payer
une pension qu'il lui faisait, et dont elle se ser-
vait pour les églises et les couvents, elle dut
écorner sa réputation de femme libérale et religieuse.

Le dévouement filial, les preuves les plus in-
contestables d'une bonne amitié, sont inutiles
pour ces sortes de femmes. Elles ne voient rien
de ce qui est vrai, bien et beau, elles ne com-

prennent que les triviales protestations et les plates niaiseries de ceux qui spéculent sur leur amour-propre.

J'en ai vu qui, voulant reconquérir sur l'esprit de leur fils nouvellement marié, l'influence un peu perdue par le mariage, travaillaient à changer la lune de miel en lune rousse.

Connaissant parfaitement le terrain sur lequel elles marchent, ces femmes agissent avec une infernale habileté. Leurs moyens peuvent être longs, détournés, mais ils sont sûrs. Elles commencent par semer l'ennui dans l'intérieur du nouveau ménage, elles favorisent ensuite les distractions extérieures; puis, les dissensions intestines, les malentendus, le gaspillage même, afin de pouvoir pêcher en eau trouble.

Quand une jeune femme s'aperçoit que son mari, circonvenu, ne l'écoute plus, qu'il la traite comme un enfant, qu'elle n'est plus maîtresse chez elle, alors, triste et découragée, elle laisse tout aller à la dérive, en attendant un consolateur ou les maladies de poitrine.

Le chapitre des maris honnêtes viendra bientôt; il intéresse trop le bonheur des familles pour l'omettre.

Les mères et belles-mères dont je viens d'esquisser la physionomie morale, se trouvent surtout parmi les femmes du grand monde, les femmes dévotes de profession et les femmes simplement honnêtes. Dans le peuple et parmi les femmes vertueuses de toutes les classes de la société, on rencontre plus généralement l'idéal de la mère, celle que nous respectons, que nous vénérons à genoux, qui n'est plus femme, mais mère, qui tient plus de l'ange que de la créature humaine, car les anges ne connaissent pas comme elle le dévouement, l'abnégation, le martyre.

La mère qui est restée ce que Dieu l'a faite ne se dépeint pas davantage que la femme vertueuse, le langage humain ternirait leur sublime beauté. Puis, cette étude est un garde-fou; elle ne doit donc dévoiler que le mal. Le bien n'est dangereux que lorsque, étant superficiel·, il cache un danger.

FEMMES DÉVOTES

FEMMES DÉVOTES

La femme, prise au point de vue social, a été
créée pour aimer et sourire. Lorsqu'elle oublie
cette mission, qu'elle ne donne pas les prémices
et la dîme de ses sourires et de son amour à celui qui l'a faite ainsi, elle est ingrate, elle est
coupable. Aimer Dieu, c'est aimer la vertu. L'a-
mour de la vertu, sans l'amour de Dieu, c'est
l'utopie des âmes vertueuses, sous bénéfice d'in-

ventaire, — qui trouvent l'héritage trop oné-
reux pour le garder longtemps.

La morale qui vient des hommes trahit son
origine par ses exagérations et ses lacunes. Arbitraire dans ses exigences, elle enfle ou réduit
le précepte, elle le dénature presque toujours.
La morale, c'est la religion de l'honnête homme,
mais elle n'a de sanction que dans la conscience
humaine, chose très-versatile.

La morale n'a de force que dans la religion.
Sans religion, la morale devient une formule
thérapeutique très-variable, appropriée différemment aux vues, aux besoins de chacun. Un
homme, dont l'honneur conjugal ne dépend que
de cette formule, doit avoir le front solide ; tôt
ou tard il sera mis à l'épreuve; c'est une affaire
de temps. Si la crainte de Dieu ne retient pas
une femme, comment la crainte de l'homme la
retiendra-t-elle? Ils sont si fins, les hommes !

Croire en Dieu, ce n'est point avoir de la religion ; le diable y croit aussi, et n'en est pas meilleur pour cela. Avoir de la religion, c'est fortifier sa foi, soutenir et développer ses vertus par le culte que l'on doit à Dieu, par les moyens qu'il a institués, et que nous devons pratiquer selon son esprit.

Le type de la femme religieuse ne se trouve que dans le catholicisme et le judaïsme. Le protestantisme n'est pas une religion, c'est une doctrine. Lorsque cette doctrine empêche une femme de tomber, c'est qu'elle lui dessèche le cœur, la puritanise, ou la laisse réchauffée par l'étincelle divine qui est au fond de toute secte chrétienne. Genève, Berlin, Londres et New-York ne sont-elles pas les villes les plus protestantes et les plus dissolues de l'univers? La femme honnête, au contraire, se trouve dans tous les pays du monde.

Dans les pays catholiques, où le but de la religion est remplacé par les moyens, devenus eux-mêmes des habitudes nationales, l'homme a substitué son œuvre à celle de Dieu; la forme remplace le fond; la religion n'est plus qu'un vêtement usé, troué, à travers lequel on aperçoit toute la laideur humaine. Là, comme dans les pays protestants, la femme dévote est commune, la femme religieuse est une exception. L'Espagne et l'Italie ont des théologiens, des prêtres; elles n'ont pas d'apôtres comme la France et l'Irlande.

En France, la femme catholique a le génie des sentiments, l'impulsion de la tendresse, l'instinct religieux, l'attrait de Dieu, partout où il se manifeste. Son cœur a besoin d'effusion, de dévouement. Elle va dans les églises y fortifier sa foi par la prière, prendre des forces pour triompher des accidents de la vie, de sa faiblesse et de ses répugnances. Ces femmes dévouées à Dieu, à leur famille, à leurs semblables, sont les vraies dévotes, femmes religieuses et vertueuses tout à la fois.

J'en ai connu qui, malgré leurs titres de duchesse, de marquise, leur brillante fortune, leur haute position, allaient tous les matins à la messe, puis couraient du faubourg Saint-Germain aux faubourgs Saint-Jacques et Saint-Antoine, à Ménilmontant, voir des femmes malades, des pauvres sans travail, des malheureux de toute sorte, et donner à tous des paroles affectueuses, des consolations réelles et des secours intelligents.

Ces femmes se rappellent ce que Jésus a dit des pauvres ; elles les aiment comme lui les aimait. Elles se cachent pour faire le bien, elles ont peur que « la main gauche ne voie ce que fait la droite. » Elles sont aimables dans les soirées mondaines, comme elles sont bonnes dans les mansardes. Elles cachent leurs pieuses actions, de crainte d'en recevoir ici-bas la récompense. On les coudoie tous les jours, sans se douter qu'on vient d'effleurer la robe d'une sainte.

A côté de ce type adorable, on en voit un autre bizarre qui ressemble au premier, comme le charbon au diamant, le marais infect au ciel pur. Il a pourtant le même nom.

La « dévote » de cette dernière catégorie, la plus commune, la plus connue, est un être amphibie qui vit dans deux éléments. Elle tient de la femme et du démon. Ses différentes incarnations sont parfois hideuses, toujours étranges.

On ne saurait trop flétrir l'hypocrisie drapée dans le manteau de la piété pour dissimuler les passions mesquines et les petits intérêts. On ne saurait assez mépriser cette piété bâtarde qui veut accoupler Dieu et Satan. Mais, à côté de ce pharisaïsme moderne, il est des erreurs involontaires, ridicules, naïves, qui méritent de l'indulgence.

L'âme, parfois, n'y voit que d'un œil; encore cet œil est-il souvent vairon. Cette espèce de cécité provient d'une connaissance superficielle des vérités chrétiennes. On est dupe de son ignorance ou d'un travers d'esprit que personne n'a su redresser.

La demi-science est pire que l'ignorance, surtout en matières religieuses; elle fait de la religion une sorte de vaudeville qui manque généralement de gaieté.

J'ai connu une vieille fille qui faisait du Christ, mort sur la croix par amour pour l'homme, un épouvantable croquemitaine. Elle avait une peur atroce de la mort; on l'eût dite bourrelée de crimes. Cette frayeur se manifestait par des scènes folles. Pour habituer sa femme de chambre à cette crainte, salutaire, disait-elle, elle l'envoyait coucher sans lumière. Puis, elle la suivait sans bruit, et la saisissait tout à coup, en lui criant : — « Tu vas mourir ! »

La femme de chambre, effrayée, criait au secours, perdait connaissance et prenait une crise nerveuse. Pour la ranimer, la bonne femme lui chantait d'un air lugubre le *De profundis* ou le *Dies iræ*.

En trois mois, elle avait changé dix fois de domestiques. L'une est morte à la suite d'une de ces scènes.

Je me rappelle avoir souvent rencontré, dans la rue du Havre, une grande et belle femme, aux cheveux blancs comme la neige, et dont le nom était assez connu il y a vingt ans. Elle avait deux ou trois fils dans l'armée. Quand, après une guerre ou des années d'absence, ils revenaient à

Paris la voir, elle leur donnait rendez-vous à l'église, leur faisait entendre une messe, les obligeait à se confesser et ne leur permettait de lui dire bonjour et de l'embrasser qu'après la confession.

Autrefois, elle tenait son mari, — défunt depuis quinze ans au moins, — en médiocre estime. Une fois mort, elle le canonisa martyr du roi et de la religion. Elle fit déterrer et transporter son cercueil je ne sais où; elle prit quelques poignées des ossements les moins volumineux et les mit dans un mouchoir de poche à carreaux de couleur dont elle noua les quatre coins. Elle portait ordinairement ce mouchoir pendu au bras et donnait de ses reliques à tous les légitimistes amis ou en renom. Elle alla jusqu'à Frosdhorf en offrir au comte de Chambord.

Aujourd'hui, le mouchoir est remplacé par un cabas, mais je ne sais s'il contient encore des os

6

du défunt. Je n'ai pas osé le lui demander, de crainte qu'elle ne m'offrît quelques doigts de la main ou du pied de son mari.

La dévotion de mauvais aloi s'occupe beaucoup du salut d'autrui, peu du sien. Elle est l'antithèse du précepte. Fréquenter les églises, se confesser, communier, en un mot, tous les moyens destinés à nous rendre meilleurs, sont employés pour servir d'exemple au prochain ou pour être vus. Quant à sa propre sanctification, on n'y songe même pas.

Il y a des dévotes implacables dans leur aversion contre tous ceux qui ne se soumettent pas à leur despotisme, et n'adoptent pas leurs goûts et leurs idées. Elles adorent le mal, croyant aimer la justice. Elles voudraient, comme les apôtres, —avant leur conversion,—faire toujours tomber le feu du ciel sur quelqu'un. Elles ne pensent jamais à la verte réprimande que leur fit Jésus quand il leur dit : « Vous ne savez pas quel esprit vous anime. »

La foudre n'étant pas à la disposition de ces douces créatures, elles se rejettent sur l'enfer ; elles y grillent charitablement l'univers entier ; elles font à peine deux ou trois exceptions en faveur de quelques parasites adulateurs qu'elles se contentent de rôtir pieusement dans le purgatoire. Plutôt que de laisser l'enfer vide, ces bonnes dévotes se damneraient elles-mêmes.

Les dévotes du grand monde paraissent souvent ignorer que Dieu doit naturellement exiger d'elles plus d'indulgence et de charité pour les infortunes morales et physiques, pour les épaves humaines disséminées sur les différentes plages de la vie sociale.

Fières de leur piété facile à pratiquer, facile à conserver, elles sont sans inquiétude sur le pain du jour et celui du lendemain. Elles ont

de longues heures à consacrer au salut de leur
âme ; des chevaux abrégent les distances qui les
séparent de l'église, des fourrures les garan-
tissent du froid ; elles peuvent aller entendre la
parole divine sans souffrir des mille et une petites misères qui retiennent tant de chrétiens
courbés sur le travail qui doit les nourrir.

Pour ces dames, les portes du ciel semblent
ouvertes à deux battants. Effet d'optique, mirage
trompeur, illusions. On ne va pas en voiture si
haut ! Dieu compense la facilité de la route par
le bagage des bonnes actions à faire et la sévé-
rité du jugement. Serait-il juste, s'il traitait le
riche avec autant de miséricorde qu'il doit trai-
ter le pauvre ?

Tout le monde connaît ce genre de dévotes
qui, loin de frapper celui ou celle qu'elle veut
perdre de réputation, le défend d'une attaque
imaginaire, inventée pour insinuer le poison de

la calomnie, ayant soin de faire ressortir la faiblesse de la défense devant la force de l'attaque.

La voie des insinuations perfides est la tactique la plus sûre et la moins compromettante pour les gens de sacristie. Elle laisse toujours une semence qui fermente dans la solitude et se développe avec le temps et les circonstances. Le germe des suppositions mauvaises croît avec une effrayante rapidité. Un jour, l'on se trouve tout étonné d'accuser un innocent que l'on aimait et qu'on aurait autrefois défendu, même coupable.

Nos saintes en crinolines, nos vertus à la mode baissent modestement leur voile, le matin à la messe, comme au soleil de midi ; au bal, sous les lustres de minuit, elles baissent également leur corset à fleur du sein. Elles reçoivent en secret leurs adorateurs, mais seulement après avoir fait une pause à l'église paroissiale.

G.

La *direction de l'intention*, telle est leur grande excuse, leur panacée universelle; elles l'appliquent à tout propos sur leur conscience pour en chasser les souillures. Quelques pensées d'une piété équivoque mêlées aux légèretés de leur vie purifient toutes leurs actions.

Pour elles, la forme étant plus que le fond, on en voit qui payent leurs domestiques pour aller se confesser. J'en ai connu qui donnaient à leurs fermiers des vestes ou des culottes à la condition de remplir le devoir pascal. Les fermiers les prenaient volontiers, ne les trouvant pas chères à ce prix.

Les dévotes de profession ont l'habitude de délivrer des brevets de canonisation à ceux qui surprennent leur esprit étroit. Elles donnent des chevrons de sainteté à ceux qui leur plaisent, les flattent ou les exploitent. En revanche, elles n'ont pas assez d'une langue pour critiquer et vilipender ceux qui les devinent et n'en sont pas dupes.

Avec leur ferveur plus ou moins tardive, et leur charité plus ou moins douteuse, elles se garderaient bien de soulager les vrais pauvres du bon Dieu ; elles préfèrent garder leurs aumônes pour les indigents officiels, inscrits sur le livre de la paroisse. Cela leur rapporte louanges et considération, à tant par jour ou par semaine.

Une dévote, pur sang, doit intéresser son public pour l'attendrir et lui faire accepter ses pieux discours. Quoique grosse et grasse, elle aime à se plaindre des maladies qu'elle n'a pas, elle a toujours celles dont elle entend parler.

« — Est-il bête, mon médecin ! me disait un jour une de ces matrones de l'Église, parce que je mange beaucoup, bois de même, dors bien et ne souffre pas, il dit que je ne suis pas malade ! »

La bonne femme avait raison ; elle était fréquemment malade, — des indigestions qu'elle se donnait. — Sa maladie lui permettait de manger de la salade, de la volaille le vendredi, de boire du punch deux ou trois fois par jour et de faire quelques petits repas supplémentaires, de sorte qu'elle prolongeait cet état maladif le plus longtemps possible. Ce régime aurait détraqué la santé la plus robuste, mais une bonne dévote a l'âme chevillée au corps.

La comédie du malade imaginaire a bien ses attraits ! Pourquoi ne pas la répéter, quand elle profite si bien ?

Les femmes dévotes ont une grande flexibilité de logique. Elles ne sont jamais dépourvues d'arguments spécieux, au moyen desquels leurs actions les plus blâmables deviennent, pour elles, blanches comme neige.

Un jour, je vis dans une église une dame vider dans sa poche, à l'arrivée de la loueuse de chaises, son porte-monnaie, et n'y laisser qu'une pièce de vingt francs. Elle s'installa sur une chaise, prit une chaufferette et un prie-Dieu.

— Quatre sous, madame, lui dit l'employé de l'église.

— Mais je n'ai qu'une chaise, répondit la dame.

— Alors, c'est deux sous.

— Avez-vous la monnaie de vingt francs?

— Non.

— Je n'ai qu'un louis sur moi.

— On ne vient pas à l'église, madame, quand on n'a pas de monnaie, répliqua la loueuse de chaises, en s'en allant de mauvaise humeur.

Dans ce colloque édifiant, j'avais appris qu'une dévote pouvait en une minute dire deux mensonges, pour ne pas payer dix centimes.

Journellement, aux portes de l'église, on voit entrer et sortir la vieille fille aux flancs étiques, la matrone couverte de dentelles, la prude aux yeux gris en coulisse, la prétentieuse aux lèvres pincées, la pécore aux frisons jaunis, l'envieuse au nez pointu, et bien d'autres piliers de sacristies, qui viennent isolément, ou par groupes, ronfler sur une chaise, parler d'un sermon qu'elles n'ont entendu qu'en rêve, admirer la main du prédicateur, les cheveux du curé, la figure des vicaires, et critiquer le prochain absent.

La conversation de ces femmes est des plus instructive. Les trous de serrure, les cloisons légères, les lettres habilement ouvertes et mille autres indiscrétions de ce genre, en ont fait des puits de science en chroniques scandaleuses. Elles connaissent les secrets les plus intimes de leurs amis et des familles qu'elles visitent. Hargneuses comme un roquet, égoïstes comme une chatte, elles ont la langue incisive, les dents aiguës, toujours prêtes à mordre.

Insolentes à l'église, elles lancent des traits méchants à quiconque dérange leur chaise ou leur jupon. Elles sont là comme dans leur cuisine, tournant sans cesse la tête pour dévisager ceux qui passent. Aimant Dieu comme on aime le prochain qu'on ne connaît pas, elles lui marmottent des prières apprises par cœur, en pensant à leur potage du jour, à leurs « devoirs de conscience » envers Pierre ou Paul.

Dévotes de naissance ou par tempérament, habitude, bon ton, distraction ou nécessité, elles monopolisent Dieu, son caractère, ses lois, elles en font leur chose ; elles *popotent* à leur façon ce qu'il y a de plus sacré sur terre, — la religion ; elles inventent des dogmes inouïs ; une morale impossible, faite pour des langoustes ; puis, elles jettent leur bave vénéneuse sur ceux qui parlent de la doctrine du Christ, telle qu'elle est dans l'Évangile.

A leur esprit chagrin, à leur mauvaise humeur, à leur haine du monde qui les fuit, elles donnent le nom d'austérité, de recueillement. Leurs occupations journalières sont des exercices religieux ; elles vont à la messe comme d'autres vont au théâtre. Prodigues de discours, avares d'aumônes, elles ménagent le riche et morigènent le pauvre. Jalouses des vertus modestes, des femmes vraiment saintes, elles n'ont pas assez d'anathèmes contre celles qui font leur paradis en ce monde.

« Oh ! comme l'abbé ***, a bien prêché contre l'orgueil, la médisance et la calomnie ! me disait un soir une dévote, combien n'est-il pas dommage que madame X. ait manqué ce sermon, elle qui est si mauvaise langue, et dont la conduite est si légère ; elle aurait entendu de dures vérités ! »

Madame X. était une excellente femme, estimée, respectée de tous ceux qui la connaissaient, malgré le mal qu'en disait ma dévote, vipère à deux pattes. Les femmes qui appliquent ainsi sur d'autres le fer rouge dont leurs épaules devraient être marquées, sont cruelles comme le bourreau, devant tout mérite réel. Elles tyrannisent leur mari, malmènent leurs enfants, ne trouvent bien que ce qu'elles font, se donnent de l'encensoir toute la journée et jettent le charbon sur le nez de leur prochain.

Leur confesseur ignore qu'il dirige des monstres, car elles n'avouent que des péchés couleur de rose. Il n'a pas le temps de les étudier au confessionnal, encore moins à table, quand il dîne chez elles. Puis, elles se confessent, mais ne veulent pas être confessées. Leur dire la vérité ne serait-ce pas les insulter?

La dévote qui ne *pratique* pas est une dévote

7

de contrebande; elle est plus commune qu'on ne le pense.

La dévote qui *pratique*, fait de l'église son domicile, — il y a plus de gens pour la voir, — on peut la coter comme à la Bourse; on sait ce qu'elle vaut : — tant pour les chaises, tant pour les frais du culte, etc. Elle sait rendre sonore son obole, sans en révéler la valeur. Elle aime les bonnes œuvres qui lui permettent de payer de sa personne, sans toucher à sa bourse. Les employés de l'église la connaissent comme le bénitier; elle les salue d'un air protecteur, comme elle salue le Christ, en passant devant le tabernacle.

On dit que le vice s'ignore lui-même; les dévotes font également tout ce qu'elles peuvent pour ne pas se connaître. Elles meurent encore mouillées des larmes que leur méchanceté fait répandre; persuadées d'aller droit au ciel, sans détour ; souvent la mort leur ouvre les yeux et leur ménage une horrible agonie. Serait-ce ce pressentiment qui leur donne si peur de leur heure dernière ?

LES MÈRES DE L'ÉGLISE

LES MÈRES DE L'ÉGLISE

On désigne sous le nom de Mère de l'Église, — la peste d'une paroisse ou d'un diocèse. Ces sortes de dévotes sont généralement veuves ou vieilles filles et d'un certain âge. Elles recommandent les vicaires au curé, les curés à l'évêque et les évêques au ministre. L'évêque possesseur au moins d'une de ces femmes, dans son diocèse, est

ordinairement vieux, maladif ou faible de caractère. Son clergé l'estime peu et ne l'aime pas du
tout. Le bon prélat ne voit que par les yeux de
madame, ou, ce qui revient au même, madame
est assez habile pour faire adopter ses idées par
le chef de l'administration diocésaine.

Une Mère de l'Église ne s'entend à rien et se
mêle de tout. Le clergé la craint autant qu'il la
déteste. Les petits abbés la courtisent pour avancer. Elle conseille, admoneste et décide. On ne la
voit jamais chez elle; le matin, elle est à la messe;
le reste de la journée, on la trouve à l'évêché,
chez les curés ou dans les couvents. Elle est
riche. Elle promet une cure à celui-ci, un ca-
mail à celui-là. Elle tient ses promesses quand on
est dans sa manche.

Malheur au prêtre qui la froisserait dans son
amour-propre; il est sûr de rester dans son coin,
pauvre, inconnu, toute la vie. S'il a l'imprudence

de l'irriter, il court grand risque d'être tôt ou tard interdit dans ses fonctions.

Lorsque deux Mères de l'Église se rencontrent en public, elles s'embrassent, se serrent la main avec un gracieux sourire ; elles paraissent s'adorer. Duel à l'amiable, en femmes bien apprises, elles attendent l'occasion de se frapper à coup sûr. Si les guêpes n'étaient pas des créatures du bon Dieu, je dirais qu'elles ressemblent à ces dames. Deux coqs acharnés à se déchirer ne connaissent pas aussi bien qu'elles les endroits vulnérables. Traîtreuses consolations, cuisantes réminiscences, insinuations perfides, tout est mis en jeu pour déguiser une haine astucieuse et blesser mortellement.

Est-ce une ancienne rivalité du cœur, une jalousie d'influence qui rendent ces dames si charmantes l'une envers l'autre et les poussent à se donner des coups de pied sous la table?

7.

Les deux sont possibles. On aime tant comman-
der quand on ne peut plus plaire !

Pourtant, elles s'accordent sur un point ; —
leur malveillance à l'égard de ce qui est jeune,
loyal, innocent. Dans leurs salons, elles ne permettent qu'une chose : — l'ennui. Pourquoi
s'amuserait-on, puisqu'elles s'ennuient ? On peut
à son aise déchirer la réputation des absents,
se livrer dans les encoignures à des conversations
cauteleuses, gauloises, à des cancans plus ou
moins lestes ; cela ne suffit-il pas ?

On se sent froid au cœur lorsqu'on entend
ricaner dans un coin ces femmes qui rendraient
des points à Tartufe lui-même. On est sûr que
leurs éclats de voix indiquent l'exécution d'une
âme honnête ou sincèrement pieuse. Les rires de
la femme tartufe et de la jeune fille qui se donne
pour de l'or, ressemblent au bruit sec d'ossements humains qu'on remue dans un cercueil.

Les Mères de l'Église ont la rage de marier les riches héritières avec les jeunes gens qui *pratiquent*. Elles manigancent dans leurs salons des mariages auxquels la religion n'a rien à voir. Ces mariages sont un hideux accouplement de la stupidité béate, de l'hypocrite ruiné, de l'ambition malsaine, avec la candeur au sourire angélique, l'inexpérience et les écus. Quand les deux contractants ne sont pas volés à la fois, il y en a toujours un de trompé et l'autre qui triche.

Condamnées à perpétuité aux travaux forcés de la vertu, ces dévotes qui n'ont plus quarante ans, sont éternellement préoccupées du vice de libertinage. Elles l'aperçoivent partout. Elles se complaisent et se prélassent dans le bourbier des pensées impures.

A leurs yeux, les âmes chastes ne se rencontrent que dans les enveloppes décrépites, ridées

et laides. Elles raffolent des histoires scabreuses ;
elles savent en extraire les moindres détails, et
quand elles ont épuisé toutes les ruses de leur
ignoble curiosité, alors seulement, leur pudeur
en délire s'effarouche ; elles font taire celui qui
n'a plus rien à dire.

Lorsque l'amour-propre les oblige à cacher
leurs épaules, elles crient contre les jeunes
femmes qui ne voilent pas assez les leurs. Quand
elles peuvent encore montrer un reste de fraî-
cheur, elles collent sur le dernier lustre de leur
basane le tulle le plus transparent. J'ai connu
des Mères de l'Église qui, recevant à table chez
elles, curés, évêques et cardinaux, se décolle-
taient alors autant qu'une jeune fille en toilette
de bal.

Plus ces sortes de dévotes sont disgraciées de
la nature, plus elles détestent la jeunesse et la
beauté. Le bonheur de deux jeunes gens unis

par l'amour et le mariage les exaspère. Rien ne plisse le front de ces femmes comme les chastes sourires de ceux qui s'aiment. N'ayant jamais connu de l'amour que ses ardeurs naturelles, elles ne voient que des sensations diaboliques dans ce sentiment qui fond deux individualités, deux âmes, en une seule.

Je me rappelle avoir lu, il y a déjà quelques années, plusieurs passages d'un livre fort bien fait sur les dévotes de province ; je regrette d'avoir oublié le nom du livre et celui de l'auteur ; mais ce que je n'ai pas oublié, c'est une page qui paraît avoir été écrite exprès pour mon sujet, et dont voici le texte à peu près :

« En un jour de jeunesse, elles se sont amusées au bord du marais des sens à contempler je ne sais quel reflet de soleil oscillant au sein des eaux fétides. Éblouies, et comme prises d'un soudain vertige, le pied leur a glissé ; elles ont fait leur plongeon.... Puis, assistées de leur confesseur, elles sont sorties de leur marécage, encore toutes dégoutantes de leur chute bourbeuse. A qui donc leur parle aujourd'hui du soleil et de l'amour, elles répliquent, en se troussant vivement : — « Voyez plutôt ma jupe ! »

Essayez, après une pareille épreuve, de les attendrir sur la plus touchante des infortunes, celle de la pauvre jeune fille délaissée par son séducteur ; leur demander un denier pour la mère, un lange pour l'enfant ; tenter de les intéresser au sort de la pécheresse, à la destinée du bâtard ; leur parler de compassion chrétienne, c'est vouloir animer un rocher. Elles répondront en appelant à leur secours toutes les vengeances du ciel sur le sein de la mère et sur la tête de l'enfant.

Je crois devoir dire ici quelques mots sur ces

jeunes filles dévoyées par un amour malheureux ou l'inconséquence de leurs parents, celles qui font à la morale les accrocs que d'autres font à la religion. Les femmes dévotes ne les aiment pas et ne font rien pour les sauver.

Quant aux jeunes filles poussées dans le libertinage par la paresse, la coquetterie ou l'ambition, elles sont du ressort de la police et non de cette étude de mœurs contemporaines.

L'esprit de famille est toujours un peu calculateur. Un père laisse volontiers son fils briser l'avenir d'une jeune fille, pourvu qu'elle ne le ruine pas. S'il est honnête et riche, il ne veut pas *mésallier* son fils à une femme qui n'a que son amour à donner, mais il compte la *dédommager* plus tard avec de l'argent.

C'est ce qui fait dire à l'auteur des *Vacances de Camille* : — « Voilà bien le premier et dernier mot des hommes avec les femmes qui leur donnent les plus belles années de leur existence. De l'argent, et tout est dit ! »

Lorsque ces femmes ne finissent pas par le vice, elles meurent à l'hôpital. Les honnêtes gens trouvent cela fort naturel ; ils n'y songent même pas, car il n'y a pas de loi pour les punir.

Les Mères de l'Église, si compatissantes pour les curés et les couvents qui n'ont pas besoin de leurs aumônes, n'ont pas encore trouvé de retraite honorable pour ces enfants de la bohême sociale plus à plaindre qu'à blâmer.

Quand les chagrins, les maladies, le déshonneur leur rendent le travail impossible, insuffisant ; quand leur faute ne les a point dégradées, si la misère ne les étouffe pas dans leur mansarde, elles n'ont d'autre ressource pour se guérir de la nostalgie de l'âme blessée à mort, que la rivière, le réchaud de charbon, ou le temps avec ses longues insomnies et ses longues douleurs.

On jette dans la honte et le malheur des milliers de créatures jeunes, belles, aimantes, dignes d'estime ou de pitié, mais on ne fait rien pour les en sortir.

Je cherche en vain, pour elles, une femme qui veuille jouer le rôle d'ange ou de la Providence, qui leur donne des fleurs pour leur fenêtre, des oiseaux pour leur chambre, du travail pour gagner leur pain, un peu d'espoir pour leur cœur meurtri. Je n'en trouve pas.

Allons donc ! Femmes de salons et de sacristies, puisque la livrée du vice vous plaît tant, sied si bien à votre taille et que vous vous en parez à merveille, faites, au nom de l'amour de Dieu, quelque chose pour ces malheureuses !

Elles ont le couvent, me dira-t-on ; mais le

couvent n'est pas un remède, c'est une amputation. Le couvent sans vocation est un enfer. Des secours à domicile, intelligents et donnés avec ce tact que la femme sait mettre dans ses actions, quand elle veut, ne vaudraient-ils pas mieux ? La femme tombée ne pourrait-elle pas se relever avec l'appui d'une main douce et charitable ? Ne pourrait-elle pas devenir bonne épouse et bonne mère !

Hélas ! au lieu de faire la chasse aux bonnes œuvres, nos dévotes modernes vont de préférence à la chasse aux abbés ; elles y vont même avec une passion d'autant plus grande que c'est la dernière.

Les limiers les plus ardents, les plus toqués pour cette chasse se trouvent parmi

— Les vieilles filles sans occupation ;

— Les femmes *sur le retour,* dont les maris

s'absentent beaucoup ou sont passés à l'état de fossile ;

— Enfin, et surtout parmi les veuves non épousables.

Toutes ces désœuvrées, plus ou moins dévotes, grisonnantes, poudrées ou peintes, désabusées ou délaissées, jadis coquettes peu ou beaucoup, se rattrapent de la solitude dans laquelle le monde les relègue, en jetant leurs filets sur tous les prêtres à leur portée.

Les plus adroites, les plus riches ou les mieux posées, sont naturellement celles dont la gibecière est la mieux garnie. En général, elles se contentent de cinq ou six abbés en renom qui viennent à tour de rôle animer leur salon, égayer leur table, par une conversation soutenue, quelquefois spirituelle, souvent railleuse ou mordante. Elles invitent des amies, des filles à marier avec leurs parents. Le monde revient alors, non pour nos dévotes, mais pour ceux ou celles qu'on rencontre dans leur salon, ou pour leur cuisine.

Ces dames courent moins après les curés ; ils sont trop vieux ; mais elles sont au comble de l'orgueil satisfait lorsqu'elles peuvent attirer chez elles un ou deux évêques. Cela les pose. La conversation a plus d'importance, on se rengorge, on fait de la haute politique et l'on décide du sort de l'univers.

Je n'ai jamais vu, au jardin d'acclimation, un paon faire sa roue avec autant de suffisance qu'une ex-Mère de l'Église, madame X., depuis que des évêques, des cardinaux et des prêtres célèbres allaient fréquemment passer leurs soirées dans ses salons.

Comme les petits cadeaux entretiennent l'amitié, elle donnait aux uns des bagues pastorales enrichies de brillants, des aubes de dentelles, etc.; on recevait en échange de ces bons procédés, des cuisses de chevreuil et des faisans truffés (reçus en cadeau).

Un jour, l'évêque de D... vit sur sa table un beau poulet bien rôti, qu'on venait de lui servir. Peu habitué à faire aussi bonne chère, il appelle aussitôt un domestique et lui dit de porter ce poulet à une pauvre femme malade qui demeurait près de l'évêché. Ce prélat n'a rien de commun avec ceux qui fréquentent les salons de madame X. « C'est un bon vieux ! » disaient les dévotes d'un air de pitié.

Les Mères de l'Église affectionnent, par-dessus tout, les babils scandaleux et les racontages mystérieux. A peine ont-elles connaissance d'un événement politique ou de ménage, elles courrent en faire part à l'abbé de leur rêve ou bien à Monseigneur. Avec des yeux de grenouille étonnée, elles racontent vivement ce qu'elles savent, en y ajoutant du leur.

Ils causent alors de tout et de quelque chose de plus ; nulle borne à leurs interminables épanchements. Dans ces singuliers micmacs du profane et du sacré, du religieux et du mondain, on déchire toujours « peu ou prou » une réputation, un homme ou une femme. Rien n'est féroce comme ces épousailles mystiques de la soutane et du peignoir.

J'ai connu une de ces dévotes qui décida un militaire mourant à se confesser. Comme le prêtre n'arrivait pas aussi vite que la mort, la bonne dame dit au moribond :

— Confessez-vous à moi et je répéterai votre confession à l'aumônier ; cela reviendra au même.

Si l'on tripote de la sorte la religion, en ce monde, il faut s'en prendre surtout au clergé qui, étant mal instruit, ne saurait bien instruire les fidèles.

Tout à l'heure je prouverai ce que j'avance à présent; en attendant, je me borne à répéter que l'instruction religieuse est fort mal entendue et fort mal répandue. Les riches n'en savent guère plus que les pauvres ; les uns et les autres ont une instruction superficielle, insuffisante et déplorable.

Les *Dames de charité*, les *Dames patronesses* et toutes les dames inscrites sur les registres de la sacristie pour donner officiellement aux pauvres de la paroisse, des bons de bois, de pain et de viande, ne sont pas des Mères de l'Église, — elles ne sont pas assez riches pour cela, — mais simplement des dévotes de profession. Elles méritent néanmoins quelques remarques.

Je ne parlerai pas de celles qui, suivant le texte de saint Paul : — « Charité bien ordonnée commence par soi-même, » — prélèvent une dîme sur les aumônes qu'elles doivent distri-

buer. Elles sont rares, — je l'espère, — mais il
y en a. Celles-là ressemblent, au moral comme
au physique, aux revendeuses à la toilette. Lais-
sons-les grignoter, — en conscience, — le bien
des pauvres, pour mettre un voile à leur chapeau
fané, pour ajouter du café à leur maigre menu
du jour.

Les autres, plus scrupuleuses ou plus fortunées,
donnent intégralement l'aumône qui leur est
confiée, mais elles la rendent lourde à recevoir,
par défaut de cette onction chrétienne qui doit
présider à toute charité. Leur demander cette
douce pitié, ce regard de compassion, ce sourire
d'encouragement qui font accepter sans honte,
avec reconnaissance, la moindre obole, c'est trop
exiger d'elles ; elles ne comprennent pas.

Elles changent le rôle de Providence, d'ange
consolateur, en un métier qui soulage moins de
misères réelles qu'il ne fait d'hypocrites. Il est

grand le nombre des coquins secourus à domicile par la paroisse.

On encourage, hélas ! trop souvent la paresse et les vices aux dépens de la vraie misère. Les secours se trompent fréquemment de porte, en passant ainsi par les mains maladroites de la charité réglementée.

Une de mes parentes, dame de charité de la paroisse S***, étant allée distribuer un jour des bons de bois, de pain et de viande chez un pauvre secouru à domicile et qui lui était nouvellement confié, se trompa de porte. Elle pénétra dans un affreux taudis, noir, infect, au fond duquel une femme malade, mourant de froid et de faim, avec trois enfants, gisaient à terre sur un reste de couverture. Elle n'avait ni médecin, ni feu, ni pain.

Sur le même palier se trouvait le pauvre qu'elle devait secourir. Il était chaudement vêtu ainsi que sa femme. Tous deux se chauffaient autour d'un poêle copieusement fourni de charbon. La chambre, proprement meublée, indiquait une certaine aisance et non la pauvreté. Sur le poêle, dans une cloche en fonte, rôtissait un gigot à l'ail, dont l'odeur appétissante inspirait la gourmandise.

Chaque jour la charité chrétienne fait de pareilles méprises, car on l'applique trop aux mendiants qui vont à l'église exploiter la religion, et pas assez aux pauvres honteux qui souffrent sans se plaindre et n'osent demander qu'à la dernière extrémité.

Il y a des Dames de charité qui font porter par leurs domestiques les bons qu'on leur remet pour les indigents. Ces bons, malgré leur insuffisance, sont dans l'esprit de la charité paroissiale, un prétexte à des consolations religieuses, à des encouragements moraux, dont les domestiques doivent, sans doute, fort mal s'acquitter. Si ces dames remplissaient elles-mêmes leur mandat, elles pourraient déranger ou gâter leur toilette dans les mansardes.

Les femmes font passer leur toilette avant tant de choses ! Pourquoi les pauvres se plaindraient-ils ?

J'ai connu des dames de charité dont la dévotion avait quelque chose d'écrasant. Une d'elles faisait hautement profession, non pas d'athéisme, mais d'une incrédulité bizarre. — Elle communiait fréquemment, sans croire à la divinité du Christ, sans croire à sa présence dans l'hostie qu'elle recevait. Elle se permettait d'atroces plaisanteries sur la sainte Vierge et sur la religion. Pourtant, elle ne manquait la messe ou les vêpres que lorsque M. l'abbé *** n'y assistait pas.

Si le cœur s'attriste en voyant tous ces diables roses ou basanés, se draper du voile religieux

pour se distraire, occuper les heures et l'imagination, il se repose avec bonheur en voyant de
saintes femmes ne pas craindre de servir Dieu
et le prochain en si mauvaise compagnie. La
femme vraiment pieuse n'a pas besoin d'étiquette ;
sa modestie, sa morale saine, ses bienfaits la font
reconnaître aisément. La violette, quoique ca-
chée sous les épines des buissons, ne se révèle-
t-elle pas par son parfum suave ?

LES RELIGIEUSES

8.

LES RELIGIEUSES

J'ai dû me contenter de faire une esquisse simple et rapide de la femme dévote. Pour une grande toile, un tableau complet, il m'aurait fallu exposer les portraits déjà peints par les prédicateurs célèbres, depuis Maurice de Sully, le fondateur de Notre-Dame de Paris, jusqu'à l'abbé Combalot.

Le palais de l'Exposition ne serait pas assez

vaste pour contenir toutes les variétés des types principaux désignés dans cette étude.

Les prédicateurs qui se sont attachés à flétrir les vices de leur époque, doivent leur célébrité surtout au mal qu'en ont dit les femmes attaquées dans leurs discours.

Un prêtre qui voudrait arracher les haillons dont la pauvre humanité couvre la beauté de la religion, n'est-il pas un traître à Dieu et à l'Église ? Lorsque Jésus chassa à coups de corde les vendeurs et les acheteurs qui profanaient par eur commerce, le temple de son père, n'était-il pas un renégat aussi ? De quoi se mêlait-il ? Le silence et l'abstention n'étaient-ils pas plus dignes de sa divinité que ce courroux, ce zèle de la réforme qui le conduisit au dernier supplice ?

Les pharisiens modernes se sont tellement incorporé la religion, que toucher à leurs travers, à leur hypocrite piété, c'est toucher au Pape, à la doctrine du Christ même. — La différence est grande pourtant.

Nos bonnes dévotes permettent bien le don-quichotisme lorsqu'il s'attaque aux moulins, mais elles ne veulent pas que le fer de la lance transperce leurs cotillons ; on pourrait voir leurs tibias.

Laissant donc de côté les doctrines et les institutions, je terminerai ma revue du personnel féminin, dont la dévotion a plus d'alliage que d'or pur, par les religieuses. Bien entendu, je ne parlerai pas de ces saintes filles qui ne vivent qu'en Dieu et pour Dieu, soit dans les cloîtres, soit dans les communautés de bienfaisance, comme les Petites Sœurs des pauvres et autres.

La censure ne saurait atteindre ces âmes angéliques, parce qu'elle n'aurait rien à glaner dans leur sanctuaire. Mais il y en a d'autres moins parfaites, et dont les imperfections sont d'autant plus choquantes qu'on s'attend à trouver chez elles l'idéal de la perfection chrétienne.

Le démon s'étant faufilé jusque dans le cénacle, en la personne d'un apôtre, il devait nécessairement pénétrer dans les communautés religieuses. Si, parler de ses œuvres, pouvait diminuer son influence et son action, quel service ne rendrais-je pas aux femmes volontairement internées dans un couvent !

Malgré les anathèmes des philosophes à courte vue ou paillards, les couvents sont une des institutions les plus utiles et les plus humanitaires de la société chrétienne. Ils sont le refuge de la science, du malheur et de la vertu ; ils sont l'école de tout ce qui est grand, généreux et beau. C'est ridicule de dire ces choses en plein XIXᵉ siècle ; oui, mais c'est vrai. Faire ici l'apologie des communautés religieuses, ce serait trop long ; puis, Chateaubriand, Montalembert et mille autres écrivains l'ont déjà faite.

Elles ne sont plus de notre époque, me dira-t-on ; au lieu d'entrer en communauté, les religieuses feraient mieux d'entrer en ménage.

Pourquoi les couvents ne seraient-ils plus de notre époque? L'homme est-il devenu parfait? Les passions ne sont-elles plus les mêmes? Les vices ont-ils été supprimés? La société moderne n'a-t-elle plus de malheureux? Pourquoi vouloir marier toutes les femmes? Les femmes à marier ont-elles jamais fait défaut sur le marché matrimonial? Le mariage a-t-il jamais été l'idéal du bonheur?

Je pourrais écrire ainsi vingt pages de questions, dont les réponses seraient en faveur de ma thèse.

Les religieuses ne sont pas utiles à la société, me répliquera-t-on. C'est faux. Les institutrices, les infirmières, les garde-malades sont-elles inutiles ? Quant aux religieuses cloîtrées, sait-on le rôle qu'elles jouent dans les rapports du ciel avec la terre ? Connaît-on le parfum renfermé dans toutes les fleurs, la propriété de toutes les plantes ? Pour l'homme positif, est-ce que les trois règnes de la nature ne fourmillent pas de mystères ? Est-ce que la science ne fait pas tous les jours de précieuses découvertes sur l'utilité pratique d'un sujet de ces trois règnes ?

Ceux qui disent que les couvents sont inutiles, feraient de tristes naturalistes. Puis, les pieuvres en jupons courts, en robes traînantes, les femmes qui font trottoir après le coucher du soleil, celles qui démoralisent les jeunes gens et ruinent les familles, sont-elles très-utiles ? Pourtant, si l'on crie contre elles (pour faire parler de soi), on les poursuit, on se plaît en leur en leur compagnie, elles dictent le ton, le goût.

Serait-ce moral, serait-ce faire preuve de sens commun, d'obliger toutes les femmes de cœur qui se réfugient dans des couvents, à devenir des cocottes de rues ou de boudoirs ?

Dans un siècle où la liberté semble être le cri de tous les peuples et de tout le monde, laissons donc aux femmes la liberté d'être honnêtes et chastes quand elles le veulent. Il y en a tant qui prennent celle d'être dévergondées, et contre lesquelles on ne dit rien.

Dans toutes les institutions humaines, on trouve des excès ou des faiblesses. L'humanité porte avec elle ses imperfections partout, jusque dans son asile le plus saint, le plus sacré.

Il y a des ordres religieux qui se développent en s'appuyant sur les influences mondaines, sur la richesse. Cette base est fragile et dangereuse. Quand les gouvernements et les peuples voient les couvents devenir riches, il leur prend l'envie de fermer les couvents et de s'emparer de leur fortune. Dieu ne met pas de paratonnerre sur les édifices construits de la sorte.

Les bonnes œuvres et le salut des âmes sont le but des fondations religieuses; avec ce but-là pourquoi chercher à s'enrichir? Les prêtres et les religieux qui ont fait le plus de bien, ont dépensé les sommes les plus colossales en bonnes œuvres, étaient toujours pauvres. C'est que Dieu, — disposant des bourses comme des cœurs, — est plus riche que tous les hommes. C'est un banquier sur lequel le vrai chrétien a un crédit illimité, et qui ne laisse jamais protester sa signature.

Quand les couvents visent à la richesse, Dieu porte sa tente ailleurs, il ne réchauffe plus les cœurs, il n'éclaire plus les intelligences des internés; les religieux alors remplissent leurs coffres par des moyens que les tribunaux n'approuvent pas toujours. Il est inutile de rappeler à ce sujet les procès scandaleux qui, de temps à autre, en France comme en Belgique, ont navré les âmes sincèrement chrétiennes. Si jamais je finis mes jours dans un couvent, je le choisirai pauvre. J'ai peur des anathèmes du Christ contre Mammon.

Il y a des couvents de femmes immensément riches.

L'histoire nous apprend que la richesse monastique est malsaine, stérile, périssable; elle porte malheur comme l'œuvre du démon, comme une malédiction du ciel. Ceux ou celles qui en profitent la considèrent comme un bienfait. Qui a raison? L'histoire ou les religieux?

Un jeune missionnaire, de passage à Paris, pauvre et mourant de faim logeait, par charité, en face d'une communauté de femmes très-riche. L'aumônier le pria de le remplacer provi-

soirement, pendant qu'il prendrait des vacances.
Le missionnaire se fit un plaisir de rendre ce
service à son confrère, et tous les matins il alla
dire la messe aux religieuses. Le calice et les
ornements qu'on lui préparait étaient d'un
grand prix ; un évêque aurait été flatté d'en faire
usage à Pâques ou à la Trinité.

Un jour, notre aumônier par intérim, n'ayant
plus un centime dans sa poche et pas un morceau
de pain en perspective pour son dîner, pria la supérieure de cette communauté de lui donner quelques
honoraires de messe, afin de pouvoir manger.

La charitable supérieure refusa la prière, et
notre jeune missionnaire fut obligé de vendre sa
montre pour dîner. Il aurait dû lui dire : — Sans
doute, madame, c'est une œuvre méritoire de
bâtir de belles chapelles et de beaux couvents,
mais l'exercice de la charité n'est-il pas encore
plus beau ?

Les couvents riches ne donnent rien à ceux qui sont pauvres, aux religieuses qui vivent péniblement d'aumônes et de leur travail, comme les Trappistines, les Carmélites et tant d'autres. Ne serait-il pas plus agréable à Dieu de soulager un peu ces saintes filles que de dépenser cinq cent mille francs, un million et plus pour construire, décorer et garnir une chapelle ? Ce luxe de décors ne contraste-t-il pas étrangement avec la pauvreté jurée au pied des autels, en prenant le voile.

Je ne suis pas de ces gens qui ne vont jamais à l'église, ne donnent jamais une obole pour le culte ou pour les pauvres et voudraient que nos temples fussent moins bien entretenus que la maison d'une fille d'opéra, voire même d'un bon bourgeois du Marais. Mais je suis de ceux qui pensent qu'il est moins utile, pour les religieux, d'enrichir les maçons, les plâtriers et les doreurs, que de faire l'aumône aux nécessiteux.

« L'aumône enrichit, » dit la Bible ; « la faire aux pauvres, c'est la faire à Dieu, » dit l'Évangile; dans les couvents, plus qu'ailleurs, on doit savoir qu'il ne se laisse jamais vaincre en générosité, et qu'il récompense au centuple le verre d'eau donné en son nom.

Un peu de solidarité dans les intérêts des communautés religieuses, serait plus édifiant que cette sorte d'indifférence ou de jalousie qu'on remarque partout.

Les membres de certaines communautés sont trop souvent à la piste des jeunes filles riches pour leur inculquer la vocation religieuse.

Les jeunes filles seront toujours dupes ou victimes des femmes vieilles ou fanatiques.

Quand une de ces créatures candides se trouve dans la catégorie des pauvres d'esprit ou dans une position sociale plus ou moins isolée, elle tombe tôt ou tard dans les filets des fournisseuses de couvent.

On a vu des religieuses recruter pour leur maison, au moyen de la soustraction volontaire, l'enlèvement à l'amiable ou la violence morale, des vocations équivoques, annexées de dots importantes. Les sacs d'écus étaient cachés sous ce zèle exagéré du salut des âmes. Lorsque la dot est retirée par conseil de famille, décision de tribunaux ou tout autre motif, la vocation baisse alors et finit par s'évanouir tout à fait.

On se plaint généralement, dans le monde réellement honnête et religieux, de l'esprit moitié mondain, moitié sacristain, qui règne dans les riches communautés dévouées à l'enseignement. Il suffit de voir comment tournent les jeunes filles qui sortent de ces couvents aristocratiques, à la mode, pour apprécier les résultats de cet esprit.

Ces sortes de couvents sont les grandes pépinières des fausses dévotes, des coquettes pudibondes, des patronnesses plantureuses et de toute la série des femmes dont j'ai parlé dans les chapitres précédents.

Un jour, dans un salon, j'entendais raconter l'histoire scabreuse d'une femme, mariée à sa sortie d'un couvent du faubourg Saint-Germain.

— « Ne continuez pas cette conversation décolletée, dit la jeune fille de la maison, sans quoi je serais *obligée* de rougir. »

— « Il n'y a pas de danger, murmura un ami de la famille à l'oreille de mon voisin ; elle est aussi *instruite* que si elle sortait du couvent du... »

Ce monsieur avait raison. Les bonnes sœurs donnent à leurs élèves une éducation assez maladroite pour leur faire deviner le mal qu'on prétend leur cacher. Elles lui donnent tout le charme du mystère et de l'inconnu. Elles font désirer de voir ce monstre dont on parle toujours et dont la laideur fascine tant les filles d'Ève.

Pour remède préventif, elles font chanter de pieuses romances, appelées « cantiques, » dans lesquelles les descriptions de l'amour, des flammes sentimentales, de la tendresse pour l'époux de l'âme chrétienne, font drôlement trotter l'imagination romanesque de toutes ces têtes faciles à volcaniser. Des cantiques moins amoureux et moins passionnés ne seraient-ils pas plus convenables?

Il y a des religieuses qui vont dans le monde soigner les malades et secourir les pauvres. Elles ont, en général, si peu de tact, que souvent elles ne font pas le bien qu'elles voudraient faire, et

9.

que parfois elles font du mal, en dépit de leurs bonnes intentions.

Elles commencent ordinairement par s'enquérir de ce qui ne les regarde pas. On les appelle pour soulager le corps du malade ou du pauvre, elles s'occupent peu du corps et ne pensent qu'à la santé de l'âme.

Elles ne demandent pas : Avez-vous faim ? avez-vous la fièvre ? avez-vous besoin de remèdes, des secours de la paroisse ? mais : Faites-vous vos devoirs religieux ? allez-vous à la messe ? vous confessez-vous ?

La première pillule qu'elles donnent à leur patient est celle-ci : « Je vais envoyer chercher un confesseur pour vous préparer à bien mourir. » Les potions calmantes viennent en second lieu.

Un peintre du quartier Montparnasse avait une maîtresse avec laquelle il vivait depuis plusieurs années. Les ayant amicalement engagés à se marier, ils me promirent de le faire aussitôt qu'un tableau commandé serait fini et payé.

Peu de jours après cette promesse, ils tombèrent gravement malades tous les deux. Avec la maladie vint la misère la plus profonde. Ils manquaient non-seulement de médecin, mais encore de l'eau pour faire de la tisane.

Un voisin s'étant aperçu de cette situation, leur fit envoyer une religieuse pour les secourir. Elle me raconta elle-même la fin de cette histoire, à laquelle elle était loin de s'attendre.

— « Confessez-vous, mariez-vous ou séparez-vous, leur dit-elle dix minutes après son arrivée; alors vous aurez tous les secours dont vous avez besoin ; sinon, vous mourrez dans votre péché, car nous ne pouvons pas visiter ceux qui ne veulent pas se réconcilier avec Dieu. »

Le peintre, irrité d'un tel début, se leva de

son lit, envoya promener la religieuse, ferma la porte et la fenêtre de sa chambre, rassembla tout ce qu'il put trouver de charbon chez lui, alluma un réchaud et s'asphyxia avec sa maîtresse.

Si la bonne sœur avait commencé par les secourir, et qu'elle leur eût ensuite parlé de confession et de mariage avec bienveillance et délicatesse, elle n'aurait sans doute pas sur la conscience la responsabilité de ce double suicide.

Si l'esprit de ces religieuses était moins étroit, de tels faits ne se produiraient pas. Elles gagneraient beaucoup en considération, elles centupleraient le bien qu'elles font, et la religion qu'elles prétendent servir serait moins attaquée. Malheureusement, on ne veille pas assez à leur éducation évangélique.

Un couvent ne ressemble pas toujours à un

autre couvent du même ordre. Une communauté
gouvernée par une supérieure intelligente, animée
réellement de l'esprit de Dieu, est une réunion
d'anges, dont les vertus atteignent la perfection,
autant qu'il est possible à la créature humaine
de l'atteindre. La charité chrétienne, l'indulgence, la compassion, le tact le plus exquis di-
rigent leurs moindres actions.

Quand la supérieure est moins religieuse que
femme, moins sainte que dévote, le bigotisme,
les vues rétrécies, les maladresses, les exagérations et toutes les petites passions féminines
règnent dans la maison et se font sentir au
dehors.

Il y a des supérieures qui n'ont de la religieuse
que le costume et le règlement. Elles sont femmes avant tout; elles le sont depuis les pieds
jusqu'à la tête, et, elles n'ont de la femme que
le vilain côté. Elles sont hautaines et dures en-

vers leurs inférieures; elles les traitent à coups d'épingles, en leur prêchant l'abnégation de soi-même, la mortification et l'amour de Dieu.

Il y en a qui font mettre dans le potage de leurs subordonnées des bouquets d'absinthe, pour leur faire prendre la nourriture en dégoût. Considérant la propreté du corps comme un manque de mortifications, et non comme une mesure hygiénique, elles leur permettent à peine de se mouiller le bout du nez et de se laver les mains pour en enlever la crasse.

Le nombre des religieuses qui s'obstinent à ne pas considérer la propreté du corps comme une sage mesure, une qualité réelle, est si grand, que les médecins ont fort à faire dans les couvents de femmes. Ces travers engendrent des maladies morales et physiques de toutes sortes. Le diable n'y perd rien et les jeunes filles s'étiolent bien vite.

Beaucoup de supérieures se croient plus sa-
vantes et plus aptes à instruire les religieuses
que leurs aumôniers. Elles font dans la communauté des cours de théologie mystique qui ne
ressemble guère à celle des saints pères et fausse
l'esprit de l'auditoire.

La simplicité religieuse est une ancienne vertu
qui trouve rarement l'hospitalité dans les couvents aristocratiques de Paris. Les consciences
de *gutta-percha* ne sont pas monopolisées par les
dévotes de nos salons, les couvents riches en ont
une ample provision.

Depuis quelques années, les ordres religieux
non enseignants se font liquoristes ou confiseurs.
La liqueur de la Grande-Chartreuse ayant un
grand succès, le monde des cloîtres veut battre
monnaie avec quelque liqueur semblable.

A part les Chartreux, les Carmes, les Trap-
pistes, il y a des religieuses qui vendent des

sucres d'orge bénis, des sirops bienfaisants et d'autres douceurs qui rapportent plus ou moins de bénéfices. Les uns et les autres ignorent, sans doute, qu'ils font du commerce, et que le commerce est sévèrement défendu aux prêtres et aux religieux, par les lois de l'Église.

A Paris, il y a des sœurs qui arrachent les dents, sans trop démantibuler les mâchoires, comme d'autres donnent des remèdes, sans trop empoisonner les gens. — On paye en sortant.— Le prix est facultatif. L'argent est pour les pauvres, dit-on.

C'est égal, les religieuses liquoristes, confiseurs, médecins ou dentistes, inspirent peu l'amour de la religion ; elles feraient mieux de rester infirmières ou de travailler à la couture pour vivre.

Ces aberrations de quelques-unes, ces imaginations ardentes jusque sous le voile n'empêchent pas ces institutions d'être très-respectables et très-humanitaires. Du reste, les cerveaux fêlés, les têtes incomplètes, les ambitions déplacées qu'on rencontre chez ces dames, il faut l'avouer à leur louange, forment des exceptions. Ce sont les ombres nécessaires à la beauté sublime d'un tableau inspiré par le ciel, exécuté par des anges.

Cette courte nomenclature des vilains côtés de la femme prouve-t-elle que le nombre des femmes honnêtes, vertueuses, des mères admirables par leur abnégation, des femmes pieuses et des saintes filles qui vivent en communauté, soit trop restreint pour que la femme en général soit digne de notre estime et de notre admiration ? Évidemment, non. Mais elle prouve qu'en prenant les groupes de la société, à l'instar de

M. Veuillot, c'est-à-dire en ne regardant que les travers et les exagérations, on arrive à faire des caricatures qui ne représentent que les laideurs de l'humanité et non sa vraie ressemblance.

MARIS HONNÊTES

MARIS HONNÊTES

Le mari est un petit despote qui s'ennuie dans sa maison et qui ne tient guère à sa femme. La nostalgie le suit partout; chez lui par satiété, ailleurs par crainte de l'avenir. Il y a des hommes mariés honnêtes, il y en a de religieux, il y en a de tous les genres, comme il y a toutes sortes de femmes; mais il n'y a qu'une classe de *maris*.

L'homme marié n'entre dans la catégorie banale des maris que lorsqu'il cesse d'être l'amant de sa femme. Il devient alors un compagnon de chaîne, un fournisseur, un associé, un mari enfin. L'amour et ses poésies, ses égards et ses délicatesses, qui donnaient le bonheur avant le mariage et pendant la première période de la vie à deux, ont fait place aux sentiments matériels, aux idées positives, au désir de voir ce qui se passe chez le prochain.

Du moment où l'homme devient un mari pour sa femme, la femme n'est plus que « la femme de son mari. » L'éteignoir conjugal tombe sur la chandelle du ménage.

Quand la femme résiste à ce changement de condition, elle devient « la femme incomprise ; » elle pleure sur le deuil de son âme, sur le veuvage prématuré de son cœur ; elle se tresse des guirlandes de cyprès et des couronnes d'immortelles jaunes et noires. Elle ne cherche pas un mouchoir pour s'essuyer les yeux, mais un parent éloigné, un cousin, un ami pour la comprendre et partager sa douleur. Cela n'est pas long à trouver.

Les oreilles sympathiques qui veulent l'écouter, les défenseurs qui lui donnent raison, les êtres compatissants qui maudissent le mari, pullulent autour d'elle. Elle se confie, elle s'épanche, puis elle se plaint et finit par se consoler.

Le deuil change alors de couleur ; du noir il passe au violet, bientôt remplacé par le gris-perle, — qui est une fort jolie nuance. — Après le gris-perle, la femme, moralement délaissée, fait voir toutes sortes de couleurs à son mari. — Quelquefois il n'en voit qu'une. — Tant pis pour lui ; à qui la faute ?

Il y a des maris qui sont remplis de prévenances et d'attentions pour les consolateurs de leur femme. Ces sortes de ménages à trois ne déplaisent pas à ces dames ; elles en manifestent leur satisfaction de différentes manières. La plus commune, c'est en dorlotant le mari, en étant aux petits soins pour lui, en se chargeant de tout ce qui le concerne, et surtout de sa coiffure.

La femme honnête souffre parfois longtemps de se voir reléguée dans le rôle trivial et réaliste de mère et de nourrice ; mais elle supporte ce rôle avec moins de tristesse lorsqu'un rayon de soleil, sous la forme d'un cousin ou d'un ami, vient dissiper une partie des nuages qui recouvrent son beau ciel de jeune femme.

Quelques-unes se jettent dans les bras de la religion, afin que leur vertu ne soit pas entraînée dans le naufrage de leurs rêves les plus caressés et de leur dignité d'épouse. Leurs regards s'élèvent alors dans les régions éthérées des sentiments chastes et nobles ; elles ne touchent à la terre que par les lois de la pesanteur et les sacrifices quotidiens. Avec un peu de perspicacité, on verrait briller sur leur front l'auréole des longs martyrs, muets et souriants.

Lorsqu'une femme, en perdant l'amour de son mari, se blase comme lui, se dégoûte de sa chère moitié, elle devient ménagère, fait des confitures ou des brioches et raccommode les bas. Souvent elle édite de nouveau son roman épuisé, pages du cœur jadis composées dans sa naïveté de jeune fille ou de fiancée.

Le mari ne connaît pas toujours l'éditeur. Il ne lit le livre que lorsqu'il est resté ouvert par imprudence, désespoir ou dépit.

Le despotisme marital est moins une source de larmes et la cause de tant de... malheurs que l'égoïsme marital.

Quand les droits de l'homme remplacent l'amour, on peut frapper, à coups sûrs, à la porte du logis conjugal. Le mari ne saurait se déranger, il n'entend pas. N'oublions pas que dans certains ménages, c'est la femme qui porte — les culottes. — Dans ce cas, le sexe du maître seul est changé, l'axiome reste le même.

Il en est des droits de l'homme comme des champignons, il ne faut pas en faire trop usage, sinon l'on s'empoisonne, on tue l'amour auquel on substitue la hotte du chiffonnier.

Il y a des couples privilégiés dont les pensées ne s'élèvent jamais au delà du niveau de leur table ou de leur édredon; fussent-ils marquis, ceux-là n'ont qu'à bien se remplir l'estomac pour que leur bonheur domestique aille au mieux comme dans le meilleur des mondes. Ces braves gens ne connaissent d'autres sentiments que ceux qui sont inspirés par les écrevisses à la bordelaise et la tiède volupté du bonnet de coton.

Quant aux maris qui se laissent mener par leurs femmes, je n'en dis rien. Bon ou mauvais, ils méritent leur sort. J'en ai connu plusieurs qui s'en trouvaient à ravir.

Lorsqu'on est trop paresseux ou pas assez fort pour être maître chez soi, je crois qu'il est préférable de se laisser gouverner par sa femme que par sa famille ou par des étrangers. Elle a plus d'intérêt que les autres à ce que le ménage marche bien.

Souvent les maris craignent de se voir accusés d'être sous l'influence de leur femme. Bêtise ! Pourquoi ne pas prendre le bonheur où il se trouve et vouloir le chercher ailleurs?

Quelquefois, pour fuir l'imaginaire tyrannie d'une femme qui vous adore, on subit la tyrannie réelle de toute une famille qui vous torture par ses exigences, ses procédés arbitraires et sa conduite. L'esprit, dupe du cœur, excuse trop facilement les actes de tous ces parasites qui sucent le plus pur de votre sang ; ils ne voient pas où le bât les blesse.

Quand un mari s'entend dire par sa famille ou par ses amis : — C'est ridicule de se laisser mener par sa femme ou de roucouler sans cesse l'un à côté de l'autre, — il doit prendre garde à sa bourse ou à son honneur.

Lorsqu'on n'entend plus roucouler dans le pigeonnier, c'est que les pigeons sont partis. Le bonheur a des ailes comme les pigeons et s'envole plus vite qu'eux. Les maris se laissent trop aisément plumer ou couper les ailes. Je ne les plains pas ; c'est leur faute. Pourquoi laissent-ils leurs amis et leurs parents faisander si facilement leur félicité conjugale ?

Les parents et les amis qui froissent ainsi les cordes de l'amour-propre d'un mari, ont toujours un intérêt personnel en vue. Souvent ils préféreraient voir le bonhomme roucouler auprès des femmes du demi-monde, dont la conquête est une honte, en attendant qu'elle soit un remords, que de le voir amoureux de sa femme. Cela se conçoit; les maris à bonnes fortunes sont en général d'une exploitation peu laborieuse.

Le plus grand malheur qu'une femme ait à redouter, c'est de montrer et donner tout son amour à son mari, sans en réserver adroitement quelques miettes pour l'avenir. Elle devrait pouvoir se vaincre et savoir conserver quelques-unes de ces demi-résistances qui prolongeraient indéfiniment la saveur d'un fruit mal protégé.

La femme qui aime trop son mari l'enivre du matin au soir et du soir au matin. Un homme gris est une brute ; il n'est bon à rien. Son cœur est usé ; ses nerfs sont à peine sensibles ; il

10.

prend du ventre et bâille quand sa femme l'embrasse.

L'homme étant obligé de s'occuper des besoins matériels de la vie, ne peut supporter le bonheur ou le malheur qu'à certaine dose. Si la coupe déborde, il devient hébété. Une âme rassasiée par l'abondance, un estomac trop rempli, sont deux choses anormales. Il faut être modéré en tout et ne jamais manger son bien en herbe. Mourir d'indigestion ou d'inanition, c'est toujours mourir.

Quand une fois, par égoïsme ou faiblesse, par maladresse ou satiété, on a laissé s'envoler les charmes et le parfum d'un premier amour, il serait plus facile de jouer sur les boulevards au bouchon avec des pains à cacheter, par un grand vent, que de retrouver les délicieuses extases de la lune de miel.

L'absurde orgueil de l'homme lui fait souvent faire des bévues qui valent des crimes.

Lorsqu'un homme songe au mariage, il veut toujours une femme jeune, jolie, vertueuse et riche. Il est peut-être vieux, laid, malpropre, vicieux ou pauvre, c'est égal ; rien n'est trop bon ni trop beau pour lui.

On voit des femmes d'une délicatesse extrême; leur cœur respire la poésie la plus céleste ; leurs aspirations ont une noblesse exquise ; leur pudeur est angélique ; la beauté de leur âme les fait ressembler à de mystérieuses sensitives dont le moindre contact étranger, la moindre brusquerie font clore les folioles. Des hommes grossiers, positifs en diable, incapables d'apprécier ce qu'il y a de ravissant, de divin, dans de telles créatures, n'hésitent pourtant pas à s'en faire épouser, par n'importe quel moyen.

N'est-ce pas un meurtre? L'assassinat de l'âme

n'est-il pas plus coupable que l'assassinat du corps?

Pourquoi l'homme prosaïque, épicier d'instinct, ne prend-il pas une de ces femmes au regard assuré, fortement trempées et qui ne rou-
gissent jamais? Elles ne sont pas rares, elles ont
une chair ferme, des couleurs, des écus; elles
deviennent mères; elles aiment les viandes sai-
gnantes, le bon vin; elles engraissent et ne sont
pas poétiques du tout.

Quelle démence de vouloir allier l'ours avec
la gazelle, le positivisme avec l'idéalisme. N'est-
ce point trouver un barbare plaisir à jeter une à
une dans le néant, sinon dans la boue, les blanches pétales de ces fleurs humaines, frêles et
craintives que les natures aimantes cherchent
toujours et rencontrent si peu? N'est-ce pas
éteindre une étoile du ciel, flétrir une plante adorable, changer le charme d'un amour naïf en
une ignoble servitude?

La femme finit toujours par mépriser le mari qui la force à se dépouiller de sa beauté morale, de sa valeur individuelle, à renoncer aux exigences les plus élémentaires et les plus justes d'un amour absolu, pour devenir une simple femme de ménage, un ornement de salon, un être aplati, par le *bourgeoisisme* de la vie. La femme est trop l'égale de l'homme, — en bien des choses, — pour se résigner de bonne foi à descendre au rang de garniture de cheminée ou de gouvernante de maison dont les appointements sont indéterminés.

Elle ne sera jamais, sans se révolter (ouvertement ou sournoisement), une esclave à qui l'on dit : Vous ; que l'on caresse d'une main gantée, à laquelle on veut bien sourire en demandant une faveur ; mais enfin une esclave forcée par douceur, raison, promesse, ruse ou toute autre violence déguisée à subir les volontés de son maître.

Un homme qui se laisse vaincre en dévouement, en générosité par sa femme, devient pour
elle un être inférieur, vulgaire ; l'amour se vola-
tilise alors comme l'éther, laissant le vide au
fond du cœur. L'amour sans l'estime n'existe
pas ; il n'est plus, dans ce cas, qu'une passion
brutale à prochaine échéance.

Le cœur n'a pas de sexe. Celui qui exige trop
de sacrifices à ses goûts, à ses idées, à ses désirs,
est un maladroit doublé d'un imbécile ; c'est un
égoïste qui sent trop ou pas assez, mais mal.

En amour, l'égoïsme ne doit exister qu'en
voulant la plus grosse part de l'abnégation de
soi-même, dans tout ce qui est juste et possible.
On jouit alors doublement, car il est plus doux
de donner que de recevoir. On est heureux de
se dévouer à l'être aimé, on l'est aussi du bonheur qu'on lui procure.

L'homme étant moralement et physiquement

plus riche et plus robuste que la femme, c'est lui qui doit montrer le plus de condescendance et faire les concessions nécessaires au maintien de l'entente cordiale.

L'homme qu'on admire, qu'on aime, est celui qui est fort, que rien n'ébranle, qui soutient, encourage et guide. Les femmes n'aimeront jamais les gringalets, les timides et les poltrons.

Le sexe faible, quand il est obligé de s'affaiblir davantage par des sacrifices faits à son caractère, de s'appauvrir de plus en plus par des aumônes trop fréquentes, finit par arriver à l'extrême débilité, à l'extrême misère. L'homme qui souffre ou exige une pareille situation, est ridicule, lâche et coupable.

On en voit pourtant qui donnent peu ou rien, veulent tout et méconnaissent en outre les sacrifices qu'on leur fait journellement. L'injustice en amour est la faute la plus irréparable; elle meurtrit le cœur de la manière la plus funeste. On ne pardonne pas une injustice, ou quand on la pardonne on s'en souvient toujours.

Le bonheur compromis n'est pas à jamais perdu lorsqu'on veut se donner la peine de le retenir près de soi.

L'amour ne se réchauffe pas, il est vrai, comme les épinards ; mais quand on n'est pas blasé, on peut réparer bien des ruines au foyer domestique. Les âmes d'élite sont trop au-dessus des petitesses de l'amour-propre vulgaire, pour ne pas savoir cicatriser les blessures faites au cœur aimé.

Lorsqu'une femme n'a pas été saignée à blanc, ses espérances ou ses illusions durent encore ; alors elle fait volontiers la moitié du chemin vers la réconciliation. L'amour n'est-ce pas toute la vie pour elle ? Si parfois elle résiste à ses entraînements, ne brûle-t-elle pas du désir de se laisser entraîner ?

Plus le mal est grave, plus énergique doit être le remède. « Coupez-vous le bras, arrachez-vous l'œil, » a dit le moraliste par excellence, si l'œil ou le bras sont pour vous des sujets de de chute. De gré ou de force, d'une manière ou d'autre, il faut se sevrer du défaut, du parent ou de l'ami qui mettent la perturbation dans l'intérieur de sa famille.

Il vaut mieux acheter le bonheur au prix d'une vertu de plus ou de l'isolement, que d'être malheureux en grande compagnie ou pour un bout de cigare, c'est-à-dire une habitude, un défaut. Les bouts de cigare ne manquent pas dans l'esprit ou dans l'imagination de l'homme et de la femme. C'est toujours vilain d'en infester celui ou celle qu'on devrait adorer à genoux.

11

Quand la lune de miel a disparu derrière l'horizon du temps, de l'habitude ou des froissements inévitables à tous ceux qui marchent côte à côte dans la vie, comme mari et femme, le cœur conserve précieusement le souvenir de son premier amour. Ce souvenir devient pour lui comme la harpe qui charmait les bardes, le caniche, conducteur aimé de l'aveugle, le bâton, rude soutien de tant de misères humaines.

LES CLÉRICAUX ET LEUR

FAMILLE

LES CLÉRICAUX ET LEUR FAMILLE

Quoique sérieux comme un employé des pompes funèbres, le clérical a toutes les faiblesses de la femme dévote de profession. Il n'en a pas les petits ridicules, mais il en a les exagérations. Comme elle, il a ses haines pieuses, ses vues étroites et le cœur racorni. Sa tenue tient du frère jésuite et de l'avocat.

Dans le grand monde, il est plus catholique

que le Pape ; il censure l'autorité civile, les
idées gallicanes, il nie le progrès et déplore
l'aveuglement du siècle. La religion lui sert de
prétexte pour se poser en pédagogue et donner
des leçons à l'univers entier.

A l'époque où monseigneur Pie, évêque de
Poitiers, fit les bévues politico-religieuses qui le
rendirent célèbre parmi les coteries cléricales
du faubourg Saint-Germain, j'entendis un de ces
importants, mauvaise doublure de M. Louis
Veuillot, déblatérer contre le gouvernement.
C'était un clérical pur sang, laid, envieux, disant du mal de tout le monde, en faisant souvent
et beaucoup.

Après une heure d'injures débitées et religieu-
sement écoutées par l'assistance, il se mit à
parler avec enthousiasme du courage — moi
j'aurais dit des inconséquences — de monseigneur Pie. Agacé par les platitudes qui ne ces-

saient de résonner à mes oreilles, je répondis
à ce monsieur :

— Si ce prélat a montré du courage à faire
le panégyrique d'un escroc qui se portait à
merveille, il a grandement compromis la sainteté de son caractère épiscopal en faisant de la
politique dans une église et dans un mandement.
Il aurait dû dire dans une brochure, comme un
simple citoyen, ce qu'il a dit en chaire. Du reste,
monseigneur Pie n'a pas même le mérite de
l'invention ; il n'a fait qu'amplifier la spirituelle
miniature publiée par M. le comte de Montalembert dès le début de la question romaine ; c'est
un plagiaire.

Un murmure désapprobateur accueillit mes
paroles. Une Mère de l'Église annonça que
l'évêque de Poitiers allait être traduit devant
le conseil d'État pour insulte faite au chef du
pouvoir.

— Eh bien! ce sera un martyr de plus, s'écria mon interlocuteur.

Indigné, je me levai en m'écriant à mon tour :

— Ah! monsieur, ne profanez pas ce mot. Un martyr donne son sang pour sa foi, et monseigneur Pie n'a fait qu'injurier le chef de l'État, malgré ces paroles du Christ : « Rendez à Dieu ce qui est à Dieu, et à César ce qui est à César. » Un évêque ne doit pas oublier ce précepte et prêcher d'exemple l'outrage contre son souverain.

Hélas! rappeler à tous ces sacristains de salons les saines doctrines de l'Évangile, c'est prêcher dans le désert. L'étendard qu'ils suivent n'a rien de commun avec celui de la Croix. C'est un drapeau misérable qui n'a jamais rallié que de misérables loques humaines et n'a jamais flotté sur le Calvaire.

Le vrai clérical n'a pas de famille, pas de maison. Son domicile est à l'église ou dans les antichambres des couvents. Il ne va chez lui que pour manger et dormir. Il a femme et enfants, parce qu'il a des complaisances pour sa personne, mais il n'est ni père, ni mari.

On en voit qui se réjouissent quand leurs enfants meurent en bas-âge. Ne sont-ils pas heureux d'avoir des anges au ciel? Jésus-Christ n'était pas clérical, car on l'a vu pleurer sur la mort de son ami Lazare.

Lorsqu'on est confit dans les pratiques religieuses, par habitude, les affections les plus naturelles sont considérées comme un manque de piété. On ne doit aimer que son confesseur. On se permet pourtant de bonnes petites haines, lorsque le cerveau n'est pas tout à fait vide et qu'on n'est pas complétement abruti par la contemplation des cierges.

11.

Je ne sais lequel est le plus laid de la fausse dévote ou du dévot patenté ? Tous les deux ont un type déguenillé avec des nuances blafardes, des mines d'antiquailles et des tournures de vieux bahuts à mettre sous cloche.

Le clérical exige de sa famille des apparences de componction. Si sa femme fait la coquette, si ses fils deviennent des chenapans, si ses filles prennent des amants, cela ne le regarde pas.

Il n'a pas le temps de s'en occuper. Il rétrécit les cordons de sa bourse ; il gronde le dimanche si l'on manque la messe ; il veut qu'on reçoive bien les abbés qui viennent dîner ; le reste l'inquiète peu.

Le clérical a l'esprit moins dévergondé que la femme dévote, par la simple raison qu'il a moins d'esprit et qu'il est plus occupé. Néanmoins, quand il est jeune, il est plus chaste par ostentation ou nécessité que par vertu.

Un jour, j'en ai entendu un dire à une jeune femme passionnément éprise de son mari : — « Je ne veux pas aller à Paris, *parce que* j'y prendrais une maîtresse qui me coûterait fort cher. Ma femme, que j'adore, est, pour moi, la plus belle du monde, *parce que* je ne vois qu'elle ici. A Paris, je lui trouverais trop de défauts. Vous avez tort d'emmener votre mari dans la capitale ; il est très-religieux, comme moi, mais vous êtes bien sûre qu'il prendra une maîtresse dès qu'il sera fatigué de vous. »

Pieux langage pour un dévot.

Ces hommes naïfs sont, après leur mariage, ce qu'ils étaient après leur première communion, des fils aveuglément soumis au joug maternel. Chez eux tout doit marcher sur ce pied. La mère est là qui règne et gouverne en autocrate. Elle est pape et roi, dirigeant le spirituel et le temporel de la maison. Tous doivent subir ses idées, ses goûts, ses caprices et ses volontés. Seulement, la mère et le fils cachent cette influence chacun à leur manière pour moins heurter la femme et les amis du mari. Ce n'est pas une femme qu'il faudrait à ces grands marmots, c'est un biberon.

Il ne faut jamais donner des conseils à ces pauvres hères qui portent encore à trente ans le bourrelet du bébé. Ils ont la charpente de l'homme et le cœur du moutard. Ils attendent, pour embrasser leur femme, la permission de leur maman. Un bon avis froisserait leur amour-propre de gamin. En le suivant, ils craindraient la férule maternelle.

Le mariage n'est pas pour·eux une sainte alliance de deux âmes qui doivent se soutenir l'une par l'autre au-dessus des misères de la vie, c'est une institution qui légalise l'union de deux corps, satisfait les ambitions privées, harmonise le niveau des bourses.

Quand on a ces idées, au moins en germe, on devrait avoir l'honnêteté de ne pas tromper celle qui ne les a pas, qui croit à quelque chose de plus élevé, se repose sur des serments d'amour et sur la foi jurée au pied de l'autel. On devrait laisser « les roses au rosier, » c'est-à-dire les jeunes filles à leur mère, pour les marier à des hommes capables de les rendre heureuses et de remplir leurs promesses.

Le mari clérical ne consulte que lui-même dans ses intérêts de famille. Ses idées religieuses lui suggèrent la manière de se conduire dans l'emploi de sa fortune. Les motifs sur lesquels il s'appuie pour approuver ses projets sont la justification complaisante de ses travers et de son amour pour lui-même. Il crie fort, de crainte que son esprit affaibli n'écoute les douces voix du

cœur et de la raison qui plaident en faveur de
ceux qu'il trahit ou délaisse.

Le premier devoir de l'homme marié, celui
qui doit passer avant tous les autres, est de
donner la plus grande dose de bonheur et de
bien-être à sa femme et à ses enfants.

Il faut conserver dans tout l'ordre naturel des
devoirs ; celui que l'intervertit amène le désordre dans sa conscience, dans sa famille et
dans ses affaires. On transige alors avec l'équité,
on fait le généreux avec de l'argent dont on
n'est que l'administrateur, on couvre de crêpe
la félicité conjugale.

Pour vivre en bonne intelligence avec le clérical du grand monde, il faut l'écouter et se
taire, s'effacer et l'approuver.

Il ne parle que de curés, de sermons, de
scandales, de chiens, de chevaux et de chasse.
Il écrase sous le flux de ses discours. Quand les

paroles ne s'échappent de ses lèvres ni assez vives, ni assez expressives, il bredouille, mais ne s'arrête pas. Tous les sots présomptueux ne sont-ils pas bavards ?

Il a le jugement faux comme un jeton. Il ne discute pas, il impose sa manière de voir. D'un caractère entier et détestable, il est surtout d'un pédantisme suprême ; il veut toujours avoir raison et met sa personnalité avant et par-dessus tout.

L'homme, en général, a si bonne opinion de lui-même qu'il ne doute jamais de rien. Quand il prend femme, c'est comme le sire de Framboisy ; c'est toujours une enfant pour lui ; s'il pouvait, il la maintiendrait à l'état de mineure jusqu'à sa mort. Malheureusement, avec le mariage, on apprend la science du bien et du mal, on s'émancipe vite, et c'est le mari qui paye les frais du procès. C'est bien fait. Pourquoi s'émancipe-t-il lui aussi? Pourquoi ne reste-t-il pas le mentor et l'ami de sa femme au lieu d'en être le tyran, le geôlier ou l'éteignoir?

Que de femmes peuvent dire comme madame la comtesse de Vergues à son mari : — « J'étais une enfant quand vous m'avez épousée et si je suis restée ce que j'étais, si je n'ai pas, comme vous dites, deux idées dans le cerveau... à qui la faute? Est-ce que je ne vous aimais pas assez pour recevoir vos leçons, vos conseils, vos enseignements, si vous aviez pris la peine de me les offrir ? Oh ! je les aurais reçus à genoux ! Je ne demandais que cela, je ne rêvais que cela... Être près de vous !

» Toute jeune fille qui se marie et qui a un brave cœur est prête, comme je l'étais, à se faire l'élève soumise, heureuse, passionnée de son époux... Une femme apprend tout de celui qu'elle aime et n'apprend rien que de lui... C'est vous qui

nous tirez du néant ou qui nous y laissez!...
Vous n'avez pas voulu sacrifier un seul de vos
goûts, une seule de vos habitudes, pour faire de
cette enfant qui vous adorait une femme qui
vous comprît !

» Et vous me reprochez ma nullité qui est
votre ouvrage... Et vous me reprochez le vide
de ma vie !... Mais qui donc de nous deux a
déserté le premier ce foyer de famille, auprès
duquel j'aurais voulu pour tout bonheur au
monde m'enchaîner à vos pieds ? Même après
tant d'années, j'y accours, je m'y attache à ce
foyer dès que vous y êtes... Et voilà comme
vous me recevez ! Ah ! si je ne m'étais pas jetée
tout entière dans cette vie d'étourdissement et
de vanité, le chagrin m'aurait tuée... ou il m'aurait perdue comme tant d'autres !... Ne vous en
plaignez donc pas, car si je suis restée une enfant et une sotte femme, je suis restée aussi une

honnête femme... Et si ma vie est misérable, si ma tête est vide, si mon cœur est brisé... eh bien! votre honneur est entier du moins et votre nom sans tache. »

Maintenir une femme en tutelle comme une mineure, c'est faire peu de cas de son amour-propre, c'est-à-dire de ce qu'il y a de plus susceptible en elle. L'amour et l'amour-propre d'une femme sont deux choses avec lesquelles il ne faut jamais badiner. Sur ce double chapitre, elle ne transige pas, elle ne pardonne pas, elle se venge tôt ou tard par l'indifférence, le mépris ou le déshonneur qu'elle inflige au maladroit qui l'a blessée.

L'accroc fait à l'amour-propre d'une femme ne se raccommode pas. Quand elle feint le rapiéçage, elle trompe ou se trompe. Sur ce sujet, son naturel est plus fort que sa volonté. Les maris qui traitent légèrement cette infirmité sont bien orgueilleux ou bien bêtes ; ils font du moins preuve de sottise, en ne prévoyant pas ce qu'ils se préparent pour l'avenir. Laisser ou mettre sa femme en tutelle, c'est-à-dire la considérer comme une enfant incapable de s'occuper d'autres choses que de chiffons et du ménage, est en outre une injustice dont les maris finissent par se repentir amèrement.

Une femme doit être consultée dans ce qui concerne les intérêts communs. Il ne faut pas la consulter pour suivre ses conseils, mais pour les comparer à ceux qu'on se donne soi-même ou qui viennent du dehors. Le choix doit naturellement appartenir à celui qui en assume la responsabilité.

Il y a des femmes qui, longtemps même après le mariage, restent enfants par le caractère, par l'esprit jamais. Dans ce mélange de naïveté et de raison, d'enfantillage et de sérieux, il y a bien des petits trésors dont il faut profiter. C'est être bien imprudent et bien superficiel de confondre ces qualités diverses ou de ne voir que le côté léger de la femme.

Il y en a pareillement qui sont déjà mères de famille et demeurent petites filles, comme si elles allaient encore au catéchisme. Elles ne font rien sans consulter, non pas leur mari, mais leur mère ; c'est elle qui gouverne le ménage. J'en ai connu qui permettaient rarement à leurs filles de faire chambre commune avec le mari. Quand on a une femme de cette trempe, on lui donne une poupée pour s'amuser à la maison, l'on défend à sa maman de mettre les pieds dans la chambre de sa fille, et vice-versâ.

D'après l'esprit du code de la félicité conjugale, les époux n'ont d'autre famille que leurs enfants.

Il est beau, c'est même un devoir, d'aimer ses

parents après comme avant le mariage, mais il ne faut pas leur sacrifier femme et enfants, comme on le fait, hélas! trop souvent. Les parents ne sont en général ni meilleurs, ni pires que leurs enfants, et leurs enfants ne vaudront ni plus ni moins que leurs fils et leurs filles.

Il y a des anges et des monstres partout; entre ces deux extrêmes, il y a place pour tous les vices et toutes les qualités imaginables.

On fait trop communément une statue d'or d'une idole d'argile qu'on est habitué à respecter, à vénérer dès l'enfance. C'est fort bien; mais le jour des épousailles, si la femme doit épouser le père, la mère, les frères, les sœurs et toute la famille de son mari, c'est introduire le tripotage chez soi, et autant d'éléments de discorde qu'il y a de têtes.

Je ne sais si l'influence des grands parents

sur un jeune ménage, n'est pas aussi souvent nuisible qu'utile.

J'ai connu des maris qui achetaient avec la dot de leur femme des propriétés qu'ils voulaient exploiter eux-mêmes, sans connaître autre chose de l'agriculture que le *Manuel du parfait jardinier*. Puis, ils vendaient les propriétés pour payer les dettes d'une mère dépensière, d'un frère idiot ou d'un oncle à la veille d'être en faillite. Avant leur mariage, ces femmes étaient très-riches; trois ans après, elles n'avaient pas d'argent pour payer les domestiques nécessaires à leur rang, à leur éducation.

Si j'étais jeune fille, je voudrais qu'en me mariant ma fortune fût assurée de manière à ce que mon mari ne puisse jamais disposer, même des revenus, sans mon consentement. Un homme qui n'est pas tout à fait le maître chez lui, est comme ces oiseaux retenus par un fil ; ils volent, mais ne s'échappent pas.

La femme tient à son individualité par instinct, car elle est dans la grande famille humaine ce qu'est la plante dans le règne végétal. Chacune a son type particulier ; ce type est utile à l'harmonie générale pour faire ressortir davantage, par ses variétés, la puissante fécondité de la nature. Ses inégalités d'esprit et de caractère servent, dans la famille comme dans la société, à l'engrenage merveilleux du mécanisme social ; elles donnent le mouvement aux facultés des individus. Vouloir redresser ces inégalités, c'est vouloir détruire toute la machine.

Quand un mari prend les tentatives d'opposition que la femme fait à ses volontés pour un manque d'amour, il est à côté de la question. Lorsqu'elle tâche de faire approuver ses idées, c'est qu'elle les croit justes et qu'il lui répugne de voir s'effacer son individualité pour laquelle on avait autrefois plus de respect et d'égards.

Lorsque dissimuler n'est pas dans la nature d'une femme, les perturbations manifestées dans son âme se font vite sentir à la surface. Ne pas les apercevoir, c'est être indifférent ou peu clair-voyant. Se boucher les oreilles et fermer les yeux pour ne pas connaître la vérité, c'est reculer stu-pidement devant un obstacle, mais non le fran-chir. Plus tard, on saute de plus haut et on se casse mieux le nez.

Le milieu dans lequel on vit, déteint sur soi d'une manière plus ou moins prononcée, selon le degré d'acquiescement ou de résistance qu'on y met. On en porte toujours quelques galons, sinon la livrée tout entière. Quand on est homme de salon ou de sacristie, il est utile de se re-tremper de temps en temps dans la vie intelli-

gente et de bon ton. On empêche ainsi les goûts
de se vulgariser et les idées triviales de se développer.

La vie sociale bien entendue et la vie chrétienne bien comprise sont les deux moyens les
plus puissants pour résister à l'asservissement
des facultés de l'âme, aux petites passions, aux
banalités d'un esprit de travers.

En dehors des maris, on voit encore dans les
salons honnêtes des gandins empesés, des Tartu-
fes de tout âge qui folâtrent autour d'une vertu
chancelante, méconnue ou délaissée. Ces sortes
d'intérieurs sont comme une planche fendue. Nos
cocodès de sacristie ne seraient pas fâchés d'é-
largir la fente et de faire tomber la vertu. Quelquefois ils réussissent.

Il y en a d'autres dont l'ambition se porte sur
une place, une fortune ; ils vont alors aduler
les femmes rances, boursouflées d'orgueil, de

12

présomption, au visage fardé comme le cœur ; ils les flattent aussi pour chercher le joint, pour se faire bien accueillir et devenir le protégé de madame.

En voyant tous ces petits frisés pêcher leurs grenouilles dans le marais de la sottise ou de la vanité, on est tenté de leur jeter le gant au visage, mais ils ne le ramasseraient pas ; puis, à quoi bon ? Corrige-t-on les sots ?

Le journaliste clérical est une spécialité à part, comme écrivain, non comme homme. Il adore la polémique, les querelles panachées d'injures et de gros mots. Hors de la sphère de ses idées, pas de salut.

L'écrivain et le journaliste cléricaux se ressemblent sur ce point.

Au lieu d'exposer dans un simple langage les vérités des principes conservateurs et religieux, il préfère mordre ses adversaires au bas des

reins. Les questions de forme, les questions se-
condaires, voilà son grand dada. Soulever maladroitement des discussions inutiles, épineuses,
où Rome et le clergé n'ont pas toujours le dessus,
voilà son fort.

Son métier est d'irriter tout le monde et de ne
convaincre personne. Il aime chasser à coups de
corde les vendeurs du temple, mais non pas
nourrir le peuple avec de bonnes paroles. Il a le
cœur sec, l'esprit bouché, la main paralysée
lorsqu'il faut faire du bien, même à ses confrères
en religion.

Loin de sonner la trompette de la réclame en
faveur des nouveaux écrivains catholiques qui
n'ont d'autre moyen d'existence que leur plume
et leur talent, il les éreinte par la critique ou les
tue par le silence. A moins que ce ne soit un
livre sorti d'un couvent ou d'un palais épiscopal, il le laissera moisir chez l'éditeur plutôt

que de le faire vendre par des éloges publiés dans son journal.

De même qu'à l'Académie française, on exclut les gens de lettres pour leur substituer des noms historiques, des haines politiques et toutes sortes de nullités scientifiques et littéraires qui feraient bondir d'indignation l'ombre de Richelieu, de même le journalisme clérical exclut de ses colonnes les consciences vraiment chrétiennes et les capacités réellement honnêtes.

Les journalistes de cette couleur, comme les charlatans de nos foires, se couvrent des brillants oripeaux du catholicisme pour en imposer aux badauds des sacristies, enfumés d'ignorance et de stupidités béates. Ils se posent en défenseurs de l'Église, que personne n'attaquerait sans eux, et qu'ils abaissent au niveau des coteries vulgaires ; sans instruction, sans tact, sans le moindre bon sens, ils s'arrogent la mission d'instruire le clergé dans ses devoirs de conscience vis-à-vis des fidèles et des gouvernements ; ils veulent diriger la politique du pouvoir pontifical et se déclarent les seuls interprètes de la Providence dans ses vues et ses jugements avec ce bas-monde.

L'usurpation de ces journalistes sur les préro-gatives et les devoirs du clergé qui, seul, a la mission d'enseigner les choses de la religion, cette outrecuidance de ces docteurs en habit noir s'imposent aux dévots abrutis par l'habitude de pratiques non raisonnées, ont leur explication dans ces paroles de l'Écriture sainte : *Obcœcati sunt oculi eorum*. Leurs yeux sont aveuglés par l'orgueil, comme les mauvais sujets le sont par la luxure.

En effet, je défie qui que ce soit de ne pas trouver l'orgueil ou la luxure au fond de toute blessure faite à la religion. Le clérical de bonne

12.

foi, qui pratique sincèrement ses devoirs religieux, comme le font presque tous les journalistes cléricaux, ne s'embourbe presque jamais
dans une aventure galante, mais le diable n'y
perd rien ; il leur infuse un orgueil infernal qui
leur donne la prétention de se croire des pro-
phètes, des messies élus de Dieu pour anathéma-
tiser tous ceux qui ne les encensent pas et ne
pensent pas comme eux.

Ces pauvres Jérémies, hallucinés par cette voix
agréable qui flatte leur amour-propre et leur
crie : — Érigez en symbole vos passions et vos
rancunes, n'entendez pas l'anathème de l'É-
ternel qui vous crie : *Obcœcati sunt oculi eorum* ;
vous n'êtes pas mes disciples, car je suis doux
et humble de cœur, et vous n'êtes qu'orgueil et
fiel. Si mon Église pouvait être compromise par
les hommes, elle le serait déjà depuis longtemps
par votre fiel et par votre orgueil. Vous parlez

en mon nom et je ne vous en ai pas donné le droit ; vous ne connaissez ni mon esprit, ni ma loi ; vous n'avez point été sacrés et vous n'avez point reçu ma grâce pour enseigner la vérité. Vous vous croyez riches et vous êtes pauvres, car vous n'avez que la richesse de l'ignorance, de l'intolérance et de la fatuité. Voyez vos œuvres, voyez comme elles sont stériles pour le bien, et dites-moi si je suis avec vous, si les œuvres que je bénis, quand elles sont selon mon cœur, ne portent pas d'autres fruits que les vôtres.

Non, ces gens ne voient rien, n'entendent rien, parce qu'ils sont aveugles et sourds. Quelques soutanes noires, violettes ou rouges qui n'ont pas étouffé dans les poitrines qu'elles recouvrent les sentiments humains qu'elles devaient éclairer, purifier, christianiser, flattent ces publicistes pour en faire l'écho responsable de leur

petitesse d'esprit, de leurs rancunes inintelli-
gentes, de leurs passions peu chrétiennes et ces
journalistes croient représenter l'Église. Une
Église composée de la sorte valait-elle la mort
d'un Dieu pour la sanctionner ainsi? Le judaïsme
avec ses vengeances, ses anathèmes et ses simples
sacrifices de veaux et de moutons, n'était – il
pas suffisant?

Allons donc, messieurs, ne profanez pas les
choses saintes, laissez l'Église telle que Dieu l'a
faite, et ne la rapetissez pas en voulant donner
vos commérages de salons et de sacristies pour
les doctrines du Christ.

Si le journalisme clérical n'est pas une force,
mais un hochet, un tambour à roulettes battu
par un lapin de carton, c'est qu'il fait dormir,
enrager ou rire ses lecteurs, au lieu de les édifier
et de les instruire.

Un journaliste clérical se croit obligé de faire

de l'opposition au gouvernement comme au progrès du siècle. Pourquoi ? Les Bourbons, Louis-Philippe et la République ont-ils construit ou réparé autant d'églises, ont-ils fait autant de cadeaux et de bien au clergé que le gouvernement impérial ? Le progrès s'attaque-t-il à la religion, contre laquelle il ne peut rien ou bien à la routine ?

Pourquoi ne voit-on pas un journal catholique parmi les journaux cléricaux ? Espérons qu'un jour le clergé, fatigué de voir le mal que lui font les publicistes soi-disant religieux, ennuyé de se voir outragé, caricaturé par les sentiments et par la doctrine que lui prête impudemment la presse cléricale, finira par avoir son *Moniteur* qui, sans être un catéchisme, ne parlera de la politique et de la religion qu'avec cette dignité chrétienne, ce bon goût et cette noble simplicité qui doivent caractériser tout écrit vraiment catholique.

LE CLERGÉ MODERNE

LE CLERGÉ MODERNE

Il faut le dire avec tristesse, une partie du clergé des grands centres, paraît ignorer que le prêtre est un apôtre et nonpas un fonctionnaire public. Cette partie appelée : — Clergé de salons, — se fourvoie dans un chemin rempli de cailloux, contre lesquels le caractère sacerdotal butte sans cesse, fait de faux pas et donne du nez en terre.

Ces fonctionnaires en soutane luisante ou râpée, en souliers vernis ou troués, gênent, entravent par leurs imprudences ou leurs gaucheries l'action de leurs confrères, dignes en tout point de la sainteté de leur ministère. Comment la majorité du clergé, bonne, généreuse, pleine de zèle et de dévouement, pourrait-elle faire beaucoup de bien au dehors, ayant tant à lutter, tant à réparer au dedans?

Si les égarements et les travers de ces personnages ne faisaient du tort qu'à eux seuls, on se contenterait de les plaindre, car, dans toutes les sociétés humaines, les défaillances, les inepties, les scandales sont inévitables, nécessaires même, dit l'Évangile ; mais en tombant, ils éclaboussent les bons prêtres ; ils font crier une foule d'ignorants, de timides ou de malveillants qui mêlent dans leurs imprécations celui qui tombe et celui qui reste debout.

En religion comme en politique le jeu de *Colin-Maillard* est très-dangereux. Quand on crie : — casse-cou, — à ceux qui s'y livrent, ils se fâchent et font de nouvelles balourdises.

Ces pauvres sires convoitent argent, titres et places ; ils n'oublient qu'une chose dans leurs convoitises, — l'esprit chrétien, — c'est-à-dire la charité, l'humilité, le désintéressement et la mansuétude recommandés par leur divin maître.

La cause de ces misères en est dans l'éducation ecclésiastique généralement trop négligée ou mal entendue.

Dans les séminaires, on enseigne la théologie et tout ce qui est nécessaire à l'exercice de la profession sacerdotale, mais rien de plus.

Un paysan qui sait à peine le français, un jeune homme avec des ambitions de famille ou des passions ardentes, un individu quelconque ayant une vocation équivoque, quittent les bancs de la scolastique après y être restés plusieurs années et sont ordonnés prêtres. On les lance, plus ou moins farcis de théologie et de latin, dans un monde qu'ils ne connaissent pas et qu'ils doivent instruire et sanctifier. Ils y sont dépaysés; ils restent paysans, malappris, ambitieux, passionnés; ils y font des bévues, disent des sottises; heureux encore quand ils ne finissent pas par mériter la police correctionnelle.

On peut dire des prêtres ce qu'on dit des enfants : — Ils sont ce qu'on les fait. — Malheureusement on ne s'occupe pas assez d'en faire des prêtres.

Dans certains salons comme auprès de certaines sommités ecclésiastiques, on voudrait que le prêtre fut un joujou dont on pourrait disposer à son gré, un être complaisant, sans volonté, pas trop intelligent, qui distribuerait les sacrements comme un épicier distribue ses denrées coloniales. On voudrait qu'il fût le rouage d'une machine puissante, utile et compliquée qui ne se mît en mouvement que lorsqu'on tournerait la manivelle. Naturellement la manivelle serait entre les mains d'un parti politique ou religieux.

En France, le prêtre est différemment estimé selon les différentes classes de la société. Pour les uns, il ne doit rien avoir des faiblesses de l'homme; il doit être un corps céleste, n'ayant aucun des sentiments de notre chétive humanité. Pour les autres, c'est une chose utile ou super-flue qu'on estime ou qu'on dédaigne, mais qu'on approche toujours avec une certaine réserve. C'est un paria très-influent, entouré d'un respect glacial qui ressemble beaucoup à de l'éloigne-ment, quand ce n'est pas du fétichisme.

Parmi les coteries religieuses où la forme est· plus considérée que le fond, il faut que le prêtre ait une tournure vulgaire et des vêtements cras-

seux. Rodin est leur idéal. Celui qui est mis
avec une propreté qui frise l'élégance et dont
la tenue ne manque pas de distinction, n'est
sanctifié que dans les salons où dominent les
femmes de trente ans, — non compris les mois
de nourrice.

En province, le simple prêtre et le curé ne
laissent à désirer, en général, qu'un peu plus
d'instruction, d'usage et de tact. Ils ont assez
d'abnégation et de dévouement, quelques-uns
en ont trop même. Leur zèle pourrait être parfois plus éclairé, plus dépouillé de sentiments
humains, mais ce serait une folle exigence de
vouloir trouver la perfection sur terre. La perfection n'étant pas de ce monde, on ne saurait
l'exiger d'un corps aussi considérable que celui
du clergé catholique.

A Paris et dans les grandes villes, on remarque trop communément, parmi les curés et les

premiers vicaires, un amour du luxe et du confortable peu en rapport avec la pauvreté du « Fils du charpentier, » né dans une étable, à Bethléem. Je ne les crois pas obligés de se loger dans des écuries, mais ils pourraient faire, en faveur des pauvres, de fort belles économies sur leur logement, leur mobilier et le train de leur maison.

Lorsque ces messieurs prêchent sur le mépris de la richesse, ils disent, avec raison, que le riche est uniquement le dépositaire de la fortune, des dons accordés par la Providence, et qu'il doit s'en servir pour faire de bonnes œuvres. N'est-il pas étrange que les ministres de cette même Providence puissent jouir de ce que, — dans l'idée catholique, — les gens du monde doivent distribuer aux indigents?

Rendre à Dieu ce qui est à Dieu et aux pauvres ce qui est aux pauvres est un devoir et non pas une mauvaise plaisanterie. Le prêtre doit vivre de l'autel, mais non pas s'enrichir par l'autel.

Quand un ouvrier, un père de famille travaillent jour et nuit à l'effet d'économiser quelques francs destinés à l'église, pour se marier, enterrer leur femme ou baptiser leurs enfants, ils murmurent en voyant leurs écus servir à l'embellissement du salon de leur pasteur avec des meubles de luxe, des tableaux inutiles et des livres qu'il ne lit pas.

Les curés qui pratiquent la doctrine qu'ils prêchent sont modestement logés, mais il y a peu de pauvres et surtout peu de mécréants dans leur paroisse.

J'ai déjà dit un mot sur la tenue du prêtre, je vais en dire un autre sur son costume. L'habitude et la routine vont s'insurger contre mes théories, mais ce n'est pas une raison pour m'empêcher de dire ce que je pense.

En Angleterre, en Irlande, en Amérique et dans bien d'autres pays, on trouve que la soutane est un costume d'église et non pas un habit fait pour aller dans les rues et sur les places publiques. Dans ces contrées, où le clergé est peut-être plus respectable et plus respecté que partout ailleurs, les soutanes ne se rencontrent jamais dans les lieux où elles seraient exposées à la critique des passants.

En France, on trouve inconvenante la tunique portée par les prêtres étrangers et par les ministres protestants. On va plus loin. Dans certains diocèses, les prêtres sont obligés de porter la culotte courte, parce que le pantalon est *indécent*. Les conseils diocésains ont trouvé dans leur sagesse qu'il était plus convenable de montrer les mollets que de les cacher.

Un grand vicaire de Paris reprochait un jour, en termes très-vifs, à un pauvre prêtre de se

13.

« déguiser en homme » c'est-à-dire de porter dans la rue la tunique au lieu de la soutane.

— « Monsieur, lui répondit l'ecclésiastique réprimandé, donnez-moi une place qui me permette de m'engraisser comme vous, en soutane et chez moi, avec de bonnes poulardes, et je vous promets de ne plus aller en soutanelle m'empoisonner dans les restaurants à trente-deux sous. »

Ne voulant exposer ici que certains travers et ce qui peut facilement s'amender, je ne parlerai pas de ces prêtres de salons, jaloux, hargneux, suffisants, disant toujours du mal de tout le monde et surtout de leurs confrères, cherchant à s'en faire un piédestal pour s'élever dans l'estime des imbéciles, se trouvant déplacés partout et ne trouvant nulle part un emploi digne d'eux.

Demandez à ces prêtres ce que c'est que la

charité, la modestie ; leurs œuvres comme leurs discours répondront pour eux : — Connais pas !

— Dénigrer l'ecclésiastique humble, studieux, dévoué à la science, ou bien, médire de leurs supérieurs, étonner leurs amis par une morale élastique, jésuitique, voilà ce qu'ils connaissent. Ne leur en demandez pas davantage, ils ne vous comprendraient pas.

C'est dans cette catégorie de « déclassés » et d'incompris que se mitonnent les calomnies les plus odieuses, les plus inconcevables et les oppositions politiques à huis-clos. Je dois pourtant dire à la louange de la grande majorité du bas clergé qu'il s'occupe beaucoup moins de politique qu'on ne le suppose généralement. Du reste, ceux qui en parlent n'ont pas souvent des opinions bien arrêtées. Quelquefois, dans un salon religieux ou dans une sacristie mondaine, ils en parleront très-haut pour tâcher de se convaincre eux-mêmes; mais ils n'ont d'autre but que celui de s'attirer la bienveillance de M. le comte ou de madame la comtesse ***.

Je ne connais rien d'ennuyeux et d'inutile comme les sermons débités tous les dimanches du haut de cette chaire où le prêtre devrait instruire et non endormir son auditoire.

Sur un ton monotone et langoureux, les uns veulent révéler le mystère de la Sainte Trinité, auquel on ne peut rien comprendre, puisque c'est un mystère. D'autres s'étendent sur la grâce et le libre arbitre qui ont suscité tant d'hérésies et de controverses, depuis saint Augustin jusqu'à Jansénius. Les uns ne citent que des auteurs latins et les autres des philosophes grecs, pour donner de l'autorité à leur parole. Le christianisme ne pourrait-il pas se démontrer et s'appuyer autrement qu'à l'aide des païens ?

Comment ne pas devenir meilleur en entendant de si belles choses !

J'ai connu le curé d'un petit village bourguignon qui dit un jour à ses paroissiens, au milieu d'un prône : « Vous avez lu dans Platon... etc. — Vous vous rappelez ce que dit Bossuet dans son *Histoire universelle*... »

Hélas ! les pauvres paysans ne pouvaient pas même lire l'almanach du *Messager boiteux*. Platon et Bossuet étaient pour eux deux bourgeois complétement inconnus.

A Paris comme en province, j'ai entendu des vicaires, des curés et des prédicateurs faire des sermons à dormir debout, vides, non-seulement de sens religieux, mais encore de sens commun. Je n'oublierai, je crois, jamais le discours d'un jésuite célèbre qui certifiait en chaire qu'il fallait prier pour... « Jésus-Christ. » Qui fallait-il prier alors ? Et ce curé du diocèse de

Versailles, qui soutenait que le purgatoire exis-
terait après le jugement dernier. Pourquoi faire?
Où diable a-t-il vu cela?

J'en aurais trop long à dire si je voulais répéter toutes les absurdités et toutes les hérésies
que j'ai entendu prêcher si souvent. Ce serait
bientôt temps que ces messieurs se donnassent
la peine de faire sur l'Évangile des instructions
pratiques, solides et sérieuses, pour ranimer la
foi, et faire aimer la religion qu'on ne respecte
pas déjà tant dans nos grandes villes.

Si le prêtre de nos sacristies mondaines prêche dans le désert, lorsqu'il monte en chaire,
c'est autre chose dans le confessionnal. Il y fait
peu de bien, quelquefois même il y fait du mal,
non par méchanceté, mais par bêtise, maladresse ou curiosité déplacée.

Il est fâcheux que leurs pénitentes, soit par
timidité, soit par ignorance, ne les remettent pas

à leur place respectueusement ou sèchement.
C'est plus qu'un droit pour elles, c'est un devoir.

Les questions inutiles, indiscrètes, qui n'ont
rien à faire avec l'intégrité de la confession, deviennent parfois dangereuses pour les jeunes filles; elles sont toujours malséantes pour les
femmes.

Quelques dames du faubourg Saint-Germain
m'ayant raconté, avec indignation, la manière
dont leurs confesseurs les avaient questionnées
sur elles, sur leur fortune et sur leurs maris, je
leur répondis qu'elles auraient dû leur dire:
— « Cela ne vous regarde pas; un ministre de
Dieu n'est pas un commissaire de police, un
juge d'instruction ou un inquisiteur. »

Madame la marquise de ***, jeune provinciale,
vint dernièrement passer quelques jours à Paris,
auprès d'une de ses parentes qui demeurait dans

les environs de la rue du Bac. Avant de partir, sa cousine, la comtesse de ***, lui dit : — « Quand tu te confesseras, adresse-toi de ma part à l'abbé X., à l'église de... »

La marquise écrivit sur un carnet le nom de l'abbé, et le samedi suivant, dans une toilette simple, austère même, elle se rendit à l'église indiquée, vit sur un confessionnal le nom de l'abbé recommandé et s'agenouilla devant la grille.

Le confesseur, voyant la toilette de sa nouvelle pénitente, fit la moue et lui dit brusquement :

« — Je n'ai pas le temps de vous confesser ; allez auprès d'un autre.

» — Pourtant, ma cousine, la comtesse de ***, m'a dit que vous m'entendriez volontiers.

» — Ah ! la comtesse de *** est votre cousine ; et qui êtes-vous donc ?

» — Je suis la marquise de ***.

» — Oh! alors, c'est différent; je vais vous confesser. »

L'abbé devint d'une extrême amabilité. Il n'osa pas dire : « — Madame, donnez-vous la peine de faire votre acte de contrition, et j'aurai l'honneur de vous donner l'absolution, » — mais peu s'en fallut. C'est navrant! La marquise en avait les larmes aux yeux, en racontant ce trait de mœurs de nos abbés de salons.

Les hommes et les femmes d'une vie peu morale, accidentée, commode, qui ne connaissent la religion que par les travers de ceux qui la professent, déclament beaucoup contre la confession. Ceux qui ne veulent pas changer leur conduite, ne font appeler un prêtre qu'au moment de la mort ou s'étant confessés, il y a longtemps, sont tombés sur un directeur curieux, janséniste, une machine à sacrements, en un mot un mauvais confesseur, déblatèrent, pour se justifier, contre le tribunal de la pénitence; ils érigent en règle générale ce qui n'est qu'une exception, et confondent dans leur réprobation le prêtre et l'institution.

Dans cette manœuvre puérile on voit vite le fond du sac. Les meilleures choses peuvent tourner à mal pour quelques-uns, sans altérer pour cela la bonté de la chose en elle-même. Il y a des gens qui trouvent les truffes mauvaises, les uns parce qu'elles sont chères, les autres parce qu'ils en ont pris une indigestion.

La confession est sans contredit l'institution la plus belle du catholicisme; c'est celle qui fortifie la vertu chancelante, qui moralise les natures dévoyées, qui purifie les consciences souillées, qui relève les courages abattus, qui arrête la main criminelle, empêche le suicide de prendre des proportions colossales. La statistique du crime, dans les pays où la confession n'existe pas, a quelque chose d'effrayant.

Sur une plaie morale aucun baume ne fait autant de bien que les paroles du prêtre qui déclare le pénitent réconcilié avec son Dieu. Ces paroles lui donnent une force surhumaine pour supporter les misères de la vie avec courage et marcher le front haut dans le chemin de la vertu.

Si parfois un prêtre peut faire du mal imprudemment dans le tribunal de la pénitence, s'il peut laisser partir une âme imparfaitement guérie peu disposée à perdre ses illusions, à changer de route, le plus souvent il fait un bien immense, dont on parle peu, parce qu'il est caché, mais auquel on doit la vraie morale, la vraie religion qui placent la France à la tête de la civilisation.

Un de mes amis, très-clérical, quoique capitaine d'artillerie, se maria à l'âge de vingt-sept ans à une jeune créole, élevée dans un couvent de Paris. Un an après leur mariage, ils se détestaient au point de vouloir se séparer. Du côté de la femme, il y avait bien une petite amourette sous jeu, mais la cause principale, sinon unique, de ce dissentiment était dans une incompatibilité de caractère qui les rendait comme deux hérissons l'un pour l'autre.

Leur confesseur ayant changé de paroisse, ils s'adressèrent à un jeune prêtre nouvellement arrivé qui s'aperçut bien vite de la situation.

« — Mon frère, dit-il au mari, comme chef de famille vous devez donner l'exemple des vertus chrétiennes, comme homme du monde vous devez de la condescendance à votre femme. A quoi vous sert d'aller à l'église, si vous conservez votre orgueil, votre rudesse et toutes les aspérités d'un caractère contre lequel votre femme se pique à tout instant? Au nom de la re-

ligion que vous pratiquez, de votre honneur et
de votre repos que vous compromettez, soyez
plus chrétien, soyez plus homme du monde. Essayez pendant quinze jours, par mortification
sinon par amour, soyez aimable, prévenant et
bon pour votre femme ; un bon procédé, une
bonne parole font tant de bien, à nous d'abord,
surtout lorsque cela nous coûte, à ceux que nous
devons aimer, ensuite. Essayez ce moyen, vous
verrez qu'il aura plus d'heureux résultats que
les paroles du maître et les allures du tyran. »

« — Ma sœur, dit-il à la femme, quand elle
vint à la grille à son tour, vous éprouvez de l'a-
version pour votre mari, parcequ'il n'a ni le ton
ni les manières d'un homme conduit en laisse.
Je ne vous parlerai pas du sentiment que vous
me dites avoir pour votre médecin. Vous êtes
chrétienne, vous êtes honnête, ce serait vous
faire injure de croire que ces sentiments existent

et qu'ils ne sont pas un cauchemar de votre imagination. Offenser Dieu, commettre une lâcheté, déshonorer un homme qui a confiance en vous et vous aime, vouer votre vie à la honte, aux remords sans excuse, et pour un homme assez vil pour désirer de vous mettre dans une telle situation, ce ne serait plus un crime, mais de la démence; ainsi n'en parlons pas. Vous avez trop de foi, trop d'honneur et trop d'amour-propre pour tomber dans un pareil piége.

» Quand la rivière ne vient pas à nous, il faut aller à la rivière. Vous êtes jeune, vous avez un long avenir devant vous ; si vous voulez qu'il soit malheureux, continuez votre manière d'être avec votre mari et d'envisager avec des préventions ses paroles et ses actions, seulement ce ne sera ni chrétien, ni honnête. Si vous voulez voir le bonheur luire dans votre intérieur, n'oubliez pas le rôle que Dieu et la société vous ordonnent

de remplir. Soyez aimante, bonne, aimable envers votre mari, songez que les hommes ont
moins de tact et de délicatesse que les femmes,
ne vous offensez donc pas de la rudesse de son
caractère; donnez-lui l'exemple de la condescendance et de la mansuétude et vous en ferez
un sucre d'orge. Essayez ma méthode pendant
quinze jours, mais avec une ferme volonté de
tout voir en beau chez lui; si, dans quinze jours,
il n'est pas changé, converti, à vos pieds, venez
me le dire et je vous rendrai votre liberté de
jugement. »

Au bout de quinze jours, ce couple s'adorait;
la lune de miel commença pour les deux époux;
elle dure encore depuis dix ans.

Ce fait se renouvelle tous les jours dans le confessionnal, parceque l'institution des sacrements
est divine et que Dieu veille à ce que les moyens
qu'il a créés pour moraliser l'âme humaine et la

société chrétienne ne dégénèrent pas en abus.
Les paroles comme les actes de Dieu ne peuvent
porter à faux, ne peuvent pas manquer leur
but; mais comme ses mandataires sont nécessairement des hommes, il est également naturel que ces hommes n'accomplissent pas tous
leur mandat avec le même zèle, avec la même
intelligence, avec la même fidélité.

Si la perfection était dans le sacerdoce une
nécessité absolue, une condition irrésistible,
comme la chaleur pour le feu, le prêtre n'aurait
plus de lutte, plus de mérite, ce serait une machine insensible, un esprit céleste, une anomalie,
une impossibilité sur la terre, et comme il est
homme aussi bien que les autres hommes, il est
sujet aux mêmes devoirs, aux mêmes combats,
aux mêmes destinées; il est bon ou mauvais
prêtre, comme on est bon ou mauvais chrétien,
ayant les mêmes tendances vers le mal, les

mêmes aspirations vers le bien, les mêmes se:
cours pour triompher du mal, les mêmes moyens
pour faire le bien.

Aussi, tout en plaisantant sur ceux qui méconnaissent leur mission, la font tomber en que-
nouille, je les plains, les blâme même, mais ne
leur jette point la pierre ; s'ils sont mauvais, ils
sont malheureux ; s'ils sont de bonne foi, ils ne
sont que ridicules.

J'ai vu quelque part, dans un livre sur les dévotes, un portrait que je dois accrocher dans
cette galerie, après l'avoir retouché ; c'est celui
de M. l'abbé X..., mis en réputation par une
dévote du grand monde.

« Les équipages armoriés, les laquais galon-
nés sont toute la journée à sa porte. Grâce à la
trompette de sa pénitente, il gagne une clientèle
d'élite dont son salon conserve le parfum —

14

musc ou patchouli — du premier de l'an à la
Saint-Sylvestre.

» Il est à la mode dans tout Paris, et les plus
opulentes robes de soie font queue sur les carreaux de son antichambre avant d'être admises
à la visite. C'est qu'il est aussi très-commode,
cet abbé. Il permet à ces dames la communion
le matin et le bal le soir ; il leur promet tout
ensemble les plaisirs du moment et les joies éter-
nelles.

» Il trouve à leur spéciale convenance, dans
les profondeurs de sa théologie, des raisons de
toutes sortes et de toutes les mesures pour con-
cilier les pratiques du monde aux préceptes de
l'Évangile. Moyennant certaines petites pres-
criptions, il est loisible à ces élégantes consulta-
trices d'accorder la messe et l'Opéra, le sermon
et le roman léger. »

J'ai connu, dans le faubourg Saint-Honoré, un

jeune confesseur tellement à la mode dans les salons religieux, qu'il était de fort mauvais goût de ne pas s'adresser à lui pour diriger sa conscience.

— Ma chère, disait une baronne, en parlant de lui, à l'une de ses amies qui venait de la province et voulait se mettre à la mode, tu prendras tes chapeaux chez Laure ; tu te feras habiller par Worth ; Félix te dira comment il faut te coiffer, et tu te confesseras à l'abbé G....

Il n'y a que les dévotes pour mettre ainsi au même niveau une modiste, un coiffeur et un confesseur. C'est drôle, mais triste souvent !

Ce sont ces abbés choyés du beau sexe qui font les catéchismes de persévérance. On ne se bat pas pour faire ces sortes de catéchismes, mais comme ils rapportent énormément de cadeaux et d'influence, on met en mouvement tous les ressorts de l'intrigue pour les obtenir.

On sait que les catéchismes de persévérance se font pour les jeunes filles qui veulent, après leur première communion, continuer leur éducation religieuse. Il y en a qui poussent la persévérance jusqu'au delà du mariage. Si l'on voulait me démentir, je répondrais par le fait suivant.

Madame la comtesse de *** voulut un jour accompagner sa fille à ce catéchisme, il y a sept ans environ de cela. A la porte de la chapelle, le bedeau dit à la comtesse que les jeunes filles entraient seulement, et que la porte restait fermée pour leurs mères.

La comtesse, indignée, répondit hautement que sa fille n'irait jamais dans un endroit où sa mère ne pourrait la suivre. Puis elle s'en alla, très-surprise d'une consigne dont le moindre défaut était d'être des plus étranges.

A cette même époque, il arriva qu'une habituée

de ce catéchisme, mariée depuis un an, sentit tout à coup les douleurs de l'enfantement la prendre dans la chapelle. Abbé, suisse, bedeau, s'empressèrent aussitôt de porter l'intéressante malade dans un endroit plus... convenable pour ces sortes de maladies, et d'où l'on put ensuite la transporter chez elle.

Cette dame avait-elle un billet de faveur, ou poussait-elle la persévérance trop loin ? Je ne le sais. Sans doute les jeunes filles en furent très-édifiées. Cet incident n'avait pas été mis sur le programme de l'abbé.

LES CURÉS D'AUJOURD'HUI

LES CURÉS D'AUJOURD'HUI

Les curés, à Paris, ne marchent guère dans leurs églises sans être précédés ou suivis de suisse, bedeau, sacristain, etc. En voyant ce cortége ou a toujours envie de chanter :

Il est porté-z-en-terre par quatre-z-officiers.

Sans doute, en se faisant accompagner de la sorte, ils veulent imiter Jésus – Christ, qu'on nous représente ordinairement accompagné des apôtres. Seulement, les suisses, bedeaux et sacristains sont en général de tristes apôtres, n'ayant rien d'apostolique.

Ces curés rehaussent ainsi l'éclat de leur personne ; ils ont l'air important, triomphant ; on voit de suite qu'ils sont chez eux beaucoup plus que chez le bon Dieu. Ils sont satisfaits, heureux ; tant mieux !

Il y en a, pourtant, qui dépassent les prérogatives de la puissance. J'en ai vu un qui faisait travailler des maçons le dimanche pour construire un égout à son presbytère. Le brave homme ne se rappelait plus que le repos du sabbat étant d'institution divine et non de précepte ecclésiastique, il n'avait pas le droit de permettre ce travail, et de scandaliser ses paroissiens par-dessus le marché.

Si le nombre des bons curés est vraiment con-

sidérable, celui des curés qui ne sont que d'aristocratiques fonctionnaires n'est pas assez restreint. Les cardinaux à Rome, et même le pape,
sont d'un accès plus facile que la plupart des
curés de nos opulentes paroisses de Paris; ils
sont également plus polis.

Les grands-vicaires, les archidiacres et tous
les employés ecclésiastiques de nos évêchés, ne
sont visibles, en général, que deux ou trois
heures, deux ou trois fois par semaine. Il me semble qu'ils sont grassement payés pour être à la
disposition du public et non pour en prendre
tant à leur aise. Aussi tout le monde se plaint-il.

Dans les grandes villes, comme Paris, Lyon et
autres, le public est obligé d'encombrer les antichambres de ces messieurs pendant ces deux
jours d'audience et de maugréer d'impatience
pendant les longues heures d'attente. L'archevêque de Paris, qui a certainement dix fois plus

d'ouvrage que ses subordonnés, est visible tous les jours pour ceux qui veulent le voir ; pourquoi ses vicaires et ses curés sont-ils plus grands seigneurs que lui ?

Nos curés du grand monde sont agaçants et ridicules en se rendant inabordables et suffisants comme ils le sont. Ils ne descendent pas de la cuisse de Jupiter que je sache. Leur maître et modèle, qu'ils paraissent ne pas connaître du tout, — tout en en parlant beaucoup, — était de meilleure maison, il me semble ; pourtant il était toujours avec le peuple et les enfants, les instruisant et les nourrissant lui-même.

Nos aristocrates en soutane sont plus dégoûtés. C'est à ceux-là que l'on peut dire :

— Dites-moi, monsieur le curé, votre troupeau favori ressemble-t-il à celui de Jésus-Christ ?

— Le nombre des pauvres que vous visitez

égale-t-il celui des riches ? Recevez-vous les uns et les autres avec la même affabilité ?

Non, mille fois non. Les indigents et les mal-vêtus sont froidement reçus chez vous, — lorsqu'ils sont reçus. — Si les pauvres ne viennent pas dans vos églises pour prier Dieu, mais bien pour aller à la sacristie vous demander des bons de pain et de viande, c'est que vous n'allez pas chez eux leur porter des secours et de bonnes paroles.

Une fois j'entendis une dame dire dans un salon avec un courroux bien légitime : — « Voyez-vous ce curé, c'est la seconde fois qu'il chasse du catéchisme de petites filles pauvres pour s'être absentées un jour.

» La première était allée à l'enterrement de son père, et la seconde était restée pour soigner sa mère malade. — N'est-ce pas une indignité d'être aussi sans cœur que cela ! Et moi, qu

15

venais de terminer la robe de première communion de cette enfant ! »

Jésus-Christ, les apôtres et les saints s'adres-
saient de préférence au peuple; ils l'aimaient,
l'instruisaient, le servaient; les curés auxquels
je fais allusion, trouvent qu'il sent mauvais.

Ils ont courbé la tête sous le joug de la bureau-
cratie paroissiale ; ils sont absorbés par les coteries religieuses, les cancans de salons et de sacristies, par les mariages opulents, les sépultures
de l'aristocratie financière ou nobiliaire , les
bonnes œuvres de fantaisie, les assemblées des
dames patronnesses et mille autres occupations
de la même importance; ils n'ont pas le temps
servir les pauvres comme c'est leur devoir.

Quand le cercueil d'un malheureux se présente
à l'église, c'est un pauvre prêtre qui vient lui
jeter un peu d'eau bénite et murmurer à voix
basse des prières que le curé ne prononce que

lorsqu'il doit les chanter à raison de cinq francs la note.

Les curés des quartiers riches de Paris, ne sont pas aimés, dit-on ; prêtres et peuple s'en plaignent. Cela n'est pas étonnant, Ce qu'on aime dans un prêtre, c'est cette onction, cette douceur et cette modestie inhérentes au caractère apostolique. Du moment où ce caractère ne se trouve pas sous la soutane, on est désillusionné, le prêtre devient homme, c'est un intrus qui n'est pas à sa place et fait du tort aux autres.

On bénirait ces curés, au lieu de les critiquer, s'ils donnaient aux vrais malheureux les sommes énormes dépensées par leurs fabriques pour payer des chantres auprès desquels ceux de Boileau étaient de petits saints. Ils seraient aimés si les nécessiteux recevaient l'argent déboursé pour décorer les chapelles avec un faste de mauvais goût et des tentures souvent empreintes de la fumée des bals de bas étage.

Je ne parle pas des appointements de ces employés insolents ou stupides qui parfois insultent les fidèles, les empêchent de prier et leur font payer le droit de s'agenouiller dans la maison de Dieu. Quelques-uns de ces employés peuvent être utiles et vivent de leur métier.... de bouledogue. Tout à l'heure je dirai deux mots sur ces cerbères de sacristie.

Bien des personnes se demandent pourquoi les curés de Paris font barricader la principale nef de leurs églises? Les sacristains répondent à cette question en disant que c'est pour empêcher le peuple de s'asseoir sur les chaises.

Pourquoi le pauvre ne peut-il aller gratuitement prier et satisfaire le précepte du dimanche sur ces chaises, parquées pour la commodité des riches? N'est-il pas singulier que précisément le jour où l'on est obligé d'assister à la messe, il faille payer pour l'entendre?

« Il se fait dans les églises, même les plus coquettes, dit Alphonse Karr, dans celles où le service se célèbre avec le plus de pompe une économie que l'on pourrait, sans injustice, intituler économie de bouts de chandelles.

» Les cérémonies de l'église catholique s'adressent au cœur, à l'esprit, aux sens même, pour causer une sorte d'extase et de ravissement religieux qui a un grand charme pour les âmes tendres, pour les imaginations ardentes, pour les organisations délicates et poétiques. Les splendides décorations des autels, les riches costumes des prêtres, la lumière adoucie, tamisée et décomposée à travers les vitraux ; l'encens, l'orgue, les chants, les sermons éloquents, tout concourt à émouvoir le cœur et à charmer l'esprit.

» Pourquoi l'avidité de quelques subalternes

vient-elle déranger et réveiller l'imagination ? La loueuse de chaise et les quêteurs arrivent tour à tour vous tirer de l'extase du ciel par la manche ; il serait décent que les fidèles riches missent les temples si dorés en état d'acheter deux ou trois cents chaises à trente sous, dont on donnerait ensuite l'usage gratuit aux mêmes fidèles et aux autres.

» Les quêtes ne se feraient-elles pas plus décemment par les troncs placés aux portes ?

» Si quelqu'un par un intérêt personnel causait, au milieu d'une cérémonie religieuse, la vingtième partie du trouble qu'y causent les quêteurs et les loueurs de chaises, on le jetterait à la porte et on ferait bien.

» Revenons à l'économie des bouts de chandelles que j'ai annoncée.

» A peine le service est terminé, la foule ne fait que commencer à s'ébranler, les esprits sont

encore émus, les oreilles remplies, que des subalternes montent sur les autels, marchent parmi
les fleurs, etc., et se hâtent d'éteindre les cierges
et les bougies.

» Si, au théâtre, on faisait relever le rideau et
paraître les pompiers avant que le public fût
parti, ce public se ferait un légitime et un vrai
plaisir de siffler. On n'aime pas toujours à voir
les coulisses du drame qui vient de nous émouvoir.

» Il se trouve des bienfaiteurs pour donner
aux églises des tableaux de grand prix, des cha-
subles d'or et des rochets de dentelles aux prêtres. Allons, essayons, on trouverait bien des
souscripteurs pour donner des chaises.

» Essayons. — Que le curé, au prône, dise :
— Mes paroissiens, l'usage de venir au milieu
du service divin réclamer le loyer des chaises est
fâcheux ; — que chacun de vous donne à l'église

le prix d'une chaise ; — que ceux qui sont riches
en donnent deux ou trois ou dix. — Cinquante-
deux dimanches, les fêtes, l'augmentation du
prix des chaises à certaines solennités, vous font
payer le loyer de votre chaise, dont la propriété
vaut quarante sous, quelque chose comme huit
ou neuf francs; — ce sera un bienfait économique.
Dimanche prochain, on fera une quête pour que
notre église puisse acheter des chaises, et cet
usage de chaque jour qui nuit au recueillement,
disparaîtra à tout jamais.

» Je gage que cela aurait un plein succès, et
cependant on ne le fera probablement pas. »

Alphonse Karr avait parfaitement raison de
croire que son conseil ne serait pas suivi. En
effet, il ne s'agit pas ici du capital de ces chaises
à quarante sous, mais du revenu qu'elles
produisent, revenu qui s'élève dans quelques
églises à plus de vingt mille francs. Puis, il y a

des dévotes qui ont des prie-Dieu en velours rouge; leur vanité ne leur permettrait pas de partager leurs siéges avec le commun des martyrs ou de voir un pauvre diable s'asseoir à côté d'elles.

Le cardinal Morlot et quelques pieux ecclésiastiques avaient songé au rachat des chaises, mais n'étant pas secondés par les curés de Paris, leur projet tomba dans l'eau. Pourtant ces messieurs devraient comprendre qu'ils sont responsables des fautes causées par ce système anti-catholique.

Comment une famille indigente, composée quelquefois de six et huit personnes, pourrait-elle payer, les jours de fêtes, de dix-huit à vingt-quatre sous pour entendre la messe et le sermon? Combien de kilos de pain les loueuses de chaises ne lui prendraient-elles pas chaque année? Rester à genoux ou debout pendant une heure, ce n'est

15.

pas toujours possible pour les pauvres, pas plus que pour les riches.

Si les conseils de fabrique ne voulaient pas paralyser les bonnes intentions des curés à ce sujet, on trouverait encore dans les salons vraiment religieux des cœurs assez chrétiens, assez généreux, pour acheter la liberté des chaises. L'archevêque actuel de Paris, monseigneur Darboy, dont l'intelligence, les vertus solides et les hautes qualités le font admirer même de la presse libérale, se ferait un bonheur d'en conférer, s'il le fallait, avec qui de droit, pour réformer les priviléges des conseils de fabrique sur ce point.

Après la liberté des théâtres et des voitures, ne serait-il pas convenable d'avoir la liberté des églises? Ne serait-il pas bientôt temps que nous puissions nous asseoir ou nous agenouiller dans un temple catholique pour prier Dieu, — surtout

quand c'est une obligation de le faire, — sans
être obligé de payer ?

Le tarif des églises nuit à l'accomplissement
du précepte du dimanche.

Les quêtes des églises rendent le recueillement
impossible.

On entend d'abord au *Credo* le suisse crier,
d'un bout à l'autre de la nef : « Les pauvres, s'il
vous plaît ! »

Le bruit de sa voix, le son de sa canne de
tambour-major, dont il frappe les dalles, réson-
nent encore, et voilà le bedeau qui sort de la
sacristie, bouscule les chaises, dérange tout le
monde et crie de son côté :

— L'entretien de l'église, s'il vous plaît !

Après lui, arrivent à leur tour les loueurs ou
loueuses de chaises.

— Deux sous, monsieur, dit l'un.

— Laissez-moi donc passer, madame, dit l'autre.

Heureux est-on, quand on ne reçoit pas de sottises pour ne s'être pas dérangé assez tôt. Oh! comme ce bruit de gros sous qui tombent dans les bourses ou dans les poches jure avec la sainteté du lieu et du moment choisi pour ennuyer et distraire les fidèles. Oh! comme on est tenté de crier soi-même :

— La liberté des églises, s'il vous plaît !

Je ne sais où l'on va pêcher ces gens-là ; mais, à part le donneur d'eau bénite, qui n'est qu'un idiot, tous les autres employés sont insolents et grossiers comme des concierges de prison. Ils sont, en outre, mendiants d'une manière indigne. Qu'on aille à l'église pour la messe, un baptême, un mariage, un enterrement, tous demandent de l'argent. C'est intolérable, c'est scandaleux. La religion et les curés qni n'empêchent pas ces odieux trafics en sont vivement blâmés dans le monde.

Quant aux quêtes, je trouve que c'est inconvenant de les faire faire par des prêtres. Ce rôle de quêteur est incompatible avec la dignité sacerdotale. Le prêtre doit donner et non pas demander. Ne serait-il pas plus convenable que les quêtes se fissent à la porte des églises, à la fin de la messe, et non pas pendant que l'on prie?

Je trouve dans le *Figaro*, sous la signature de M. Maillard les observations suivantes que je reproduis parce que les honnêtes gens les font souvent.

« Une des coutumes les plus révoltantes du monde, c'est celle qui se pratique tous les jours à l'église, pendant les enterrements.

» Les assistants sont là, le catafalque au milieu du chœur, le prêtre à l'autel, le grand orgue inonde de ses harmonies funèbres la nef

retentissante, tout est tristesse et désolation.
Au premier rang des chaises, le père, le mari,
le frère, le fils, sont agenouillés, pleurant,
écrasés de douleur — et un homme arrive et les
dérange, Pourquoi? — Pour aller à la sacristie
signer un acte et déclarer longuement et minu-
tieusement le nom du défunt et de la défunte,
son domicile, son âge, etc.

» Ne serait-il pas, non-seulement convenable,
mais humain de respecter au moins le désespoir
des gens? Pourquoi cette cruauté gratuite de
les arracher à leur douleur pour les soumettre à
un interrogatoire qui n'a, en somme, aucun
caractère légal, et dont le seul résultat est de
déchirer une fois de plus le cœur des gens
éprouvés par une perte cruelle?

» Nous sommes les premiers à admirer avec
respect et quelque froidement formalistes qu'elles
soient, les cérémonies de l'église. Mais celle-ci?

cet interrogatoire inutile et cruel? ne pourrait-on pas, je ne dis pas le supprimer, mais du moins en éviter le supplice aux personnes dont la présence à la sacristie n'est aucunement indispensable.

» Le premier ami venu de la famille remplirait parfaitement ce rôle, il serait au moins charitable de laisser les gens pleurer leurs morts en paix. *Notre Mère* l'Eglise est-elle donc plus cruelle que la loi, qui se contente en pareil cas de la déposition, certifiée par deux témoins, d'un seul parent du décédé? »

Un reproche non moins sérieux que l'on fait dans le monde contre les curés de Paris, c'est leur peu de charité vis-à-vis de ce qu'on appelle des — attachés d'une paroisse. — Ces prêtres sont ceux qui font l'office de diacres ou qui disent les messes de midi et d'une heure. En général, ce sont des étrangers, des vieillards ou des infirmes, dignes du plus grand intérêt, auxquels on donne cette position pour leur faire gagner leur pain.

Il est possible que je soie dans l'erreur, mais je trouve cruel de laisser jeûner si tard des prêtres malheureux, sous prétexte qu'ils sont pauvres ou vieux. On n'a pas encore trouvé moyen de soulager leur misère, les jeunes vicaires ne voulant pas retarder leur déjeuner jusqu'à pareille heure.

Je me suis souvent attristé en voyant un vieillard à cheveux blancs, acheter tous les dimanches, après avoir dit la messe de midi dans une riche paroisse du faubourg Saint-Honoré, deux sous de pain qu'il dévorait dans la rue.

Il y a peu d'années le prêtre qui disait la messe d'une heure à l'une de nos plus opulentes églises de Paris mourut de faim dans son grenier. On trouva son cadavre étendu sur le sol ; quatre briques lui servaient d'oreiller, il avait les bras croisés sur la poitrine et son bréviaire était dans ses mains... Bah! qui pense à ces parias du sacerdoce? Il y en aura toujours de reste pour les messes d'une heure et de midi.

Le nombre des prêtres français revenus des missions lointaines par raison de santé, et laissés sans secours dans leur propre pays, est déplorable. Ces malheureux souffrent la faim pendant des années et toutes les privations d'une misère exceptionnelle, jusqu'à ce que le corps et l'âme épuisés par des douleurs navrantes s'éteignent dans le sommeil du tombeau.

Un jour, j'entendis un archevêque d'Orient dire dans un salon de Paris :

— Je suis bien triste; je reviens de l'enterrement d'un de mes collègues, l'archevêque de...
— un Français — qui vient de mourir littéralement de faim, après avoir vendu sa croix

pastorale et son anneau pour acheter du pain.

Il me semble que l'on pourrait bien prélever sur les revenus des curés et de leurs premiers vicaires un peu de leur superflu pour fonder une caisse de retraite, en faveur des prêtres vieux ou infirmes. Trop de richesse d'un côté et trop de pauvreté de l'autre, ce n'est pas chrétien. Quand on prêche la charité, il faut surtout la prêcher d'exemple, si l'on veut être écouté. Presque toutes les classes de la société ont des caisses de retraite ; les prêtres seuls n'en ont pas. Pourquoi ?

Je voudrais bien parler des aumôniers qui ne sont ni curés ni vicaires, mais cela m'entraînerait trop loin. Je ferai seulement remarquer aux aumôniers des hôpitaux que bien des malades se plaignent de ne voir de prêtres que lorsqu'ils les demandent. Aussi, beaucoup meurent sans se confesser.

Au lieu de rester dans leurs appartements, ces aumôniers ne rempliraient-ils pas mieux leurs devoirs en se promenant tous les jours dans les salles, causant avec les malades et les préparant doucement à se réconcilier avec Dieu.

Quant aux religieuses infirmières, elles distribuent les médicaments, tricotent les bas, font de la couture pour la communauté et ne songent pas à la conscience des malades.

On apprend bien des choses étranges en voyant les hommes de près.

Il y a peu d'années, il mourut à Paris un curé qui laissa vingt mille francs de dettes. On fut obligé de vendre sa bibliothèque pour les payer. Tout l'argent qu'il recevait passait en bonnes œuvres, et quand il n'avait plus rien, il empruntait pour faire l'aumône. Dans les paroisses pauvres de Paris, on voit beaucoup de ces curés-là.

J'ai entendu critiquer leur excessive charité. Je

crois qu'il vaudrait mieux les imiter que de les blâmer. Quand on leur prête de l'argent, on sait où il va ; on sait que le remboursement se fera longtemps attendre. Les pauvres bénissent le curé ; Dieu ne permet pas que la mémoire du saint prodigue soit flétrie. Le bien reste. Que peut-on désirer de mieux ? L'homme n'est pas parfait ; mais que celui qui est sans péché lui jette la première pierre.

LE HAUT CLERGÉ

LE HAUT CLERGÉ

J'ai souvent entendu la presse libérale et des
personnes fort distinguées dans les sciences et
les lettres, accuser le haut clergé et les porte-
bannières du parti clérical de jouer le rôle d'é-
teignoirs. Malheureusement, ces accusations ne
sont pas toujours des calomnies.

Lorsque le journal liturgique et canonique

intitulé : — *la Correspoudance de Rome,* parut en France, le haut clergé s'écria : « Quel est donc ce jeune prêtre qui vient nous apprendre nos devoirs et révéler au public que nos actes sont fréquemment entachés d'illégalités canoniques, qu'ils sont en désaccord avec les décisions des conciles, des pontifes et surtout avec l'esprit de l'Église? Ne ferait-il pas mieux de confesser les bonnes femmes d'Avignon que de crier ainsi que notre administration est vicieuse et contraire à la discipline ecclésiastique? »

M. l'abbé C., du diocèse d'Avignon, fondateur et rédacteur de ce journal, ne flétrissait les abus qu'à coup sûr, armé des décrets des conciles et des papes. La *Correspondance de Rome* ne paraissait pas avant d'avoir reçu la sanction du sacré palais, l'*imprimatur* qui lui donnait une autorité irrécusable; de sorte que les évêques français, enrichis des priviléges conférés par le

— droit coutumier, — se virent convaincus d'abus, d'illégalités et même de simonie.

Ce journal était inattaquable au point de vue de la doctrine ; lui laisser continuer de prêcher le retour aux principes et de saper l'administration épiscopale en France, c'était reconnaître qu'on savait très-peu sa théologie, son droit canon, ou que l'arbitraire régnait dans les évêchés. Il y avait péril en la demeure ; pour l'éviter on eut recours à l'intrigue, à la violence, et M. de Rayneval, notre ministre à Rome, reçut l'ordre de faire suspendre la malencontreuse euille.

Ce petit despotisme de l'autorité ecclésiastique provient de ce que l'esprit qui dirige la plupart de ses actes n'est pas celui de Dieu. On connaît bien le texte de l'Évangile, mais on en laisse l'application à ceux qui n'ont rien de mieux à faire.

16.

Aussi, l'on se débat dans le vide ; l'apostolat de ces personnages est stérile, parce que la foi et la charité qui font des miracles ne sont en eux qu'à l'état de squelette. « Ils se croient vivants, mais ils sont morts, » comme il est dit dans l'Apocalypse. Ils prennent la morgue pour de la dignité, la sécheresse pour du recueillement ; quant à la simplicité religieuse, il ne la prennent nulle part.

En matières administratives et spirituelles, les évêques en France sont des papes en menue monnaie, que Rome ne contrôle guère, car elle sait peu ce qu'ils font. Le gouvernement ne les gêne pas davantage, car il est assez occupé à les empêcher de faire de la politique au nom de l'Église et de la foi en danger. Il n'est donc pas étonnant que les abus soient aussi nombreux que peu connus.

On se rappelle le mot de Grégoire XVI, en

parlant d'un évêque décédé déjà depuis quelques années.

— Monseigneur de *** est évêque malgré le roi, — Louis-Philippe, — il est évêque de M... malgré moi.

Je vais citer, sans arrangement préalable, quelques traits de nos prélats, dont je pourrai donner les noms propres si l'on veut. On verra par ces faits que tout n'est pas rose pour le bas clergé et qu'il gagnerait beaucoup à voir revivre les tribunaux ecclésiastiques qui n'existent plus en France.

Monseigneur de B. est aristocratique de naissance et de caractère ; ses idées sur la discipline sont arriérées de quinze siècles seulement. Il adore les jésuites et n'aime pas les prêtres séculiers dont l'intelligence est au-dessus de la moyenne. Quiconque a des titres de noblesse a ses droits d'entrée chez Monseigneur. Si c'est

une marquise, une duchesse, elles ont la toute-
puissance au palais de Sa Grandeur. Les titres
inférieurs ne sont guère moins considérés, mais
il y a pourtant une nuance.

M. l'abbé X est jeune et beau garçon, — ce
n'est pas de sa faute; — il n'a pas inventé
les bretelles élastiques, ni créé le monde. Tout
cela, du reste, existait déjà l'an de grâce 18....
Une fille d'Ève, encore belle, fort peu sévère en
morale, quoique dévote de profession, s'éprit du
joli minois de M. l'abbé X, l'aima, à sa manière,
et voulu lui faire faire *une cascade* dans le chemin
de la vertu.

Malgré la beauté de sa personne, M. l'abbé X
était avant tout un bon prêtre; il envoya la belle
tentatrice au diable. Celle-ci, furieuse de son in-
succès, se vengea du Joseph moderne, en l'accu-
sant auprès de Monseigneur de la faute qu'elle
avait voulu lui faire commettre. L'abbé fut sur-

le-champ condamné par son évêque à faire amende honorable, — la corde au cou, — dans la cathédrale. La pénitence parut hors de mode à l'abbé; il la refusa, non pas pour cette raison seulement, mais encore pour ne pas avoir l'air d'avouer un crime qu'il n'avait pas commis.

Le malheureux fut interdit à cause de ce refus, et pour ne pas mourir de faim dans son diocèse, il vint à Paris. Il y a une dizaine d'années, il dut se faire cocher de fiacre, après bien des tribulations souffertes avec stoïcisme.

La quantité des dames Putiphar qui se trouvent parmi les dévotes est effrayante. Les Joseph sont très à plaindre aujourd'hui, car s'ils tombent, ils manquent à leurs devoirs, s'ils résistent, ils se font des ennemies mortelles qui ne reculent devant aucun moyen pour se venger de celui qui n'a pas voulu d'elles.

Quelquefois ces dames persécutent certains

16.

prêtres par pur amour pour leur confesseur. En voici un exemple.

M. *** était curé d'une paroisse qui lui rapportait bon an, mal an, environ dix mille francs. Il n'en était pas plus riche pour cela, car il dépensait cette somme en bonnes œuvres. Madame L., créole d'un âge mûr, désirait ardemment donner cette cure à son directeur. Après bien des démarches infructueuses, elle changea ses batteries et finit par accuser auprès de son archevêque, le digne curé d'avoir des relations criminelles avec une de ses pénitentes. Cette manœuvre réussit à merveille. Huit jours après l'accusation, l'archevêque avait interdit, sans autre forme de procès, M***, qui fut remplacé par le confesseur de la créole.

L'absence des anciens tribunaux ecclésiastiques qui contrôlaient, dans une certaine mesure, les actes administratifs du haut clergé, n'est pas

la seule cause des abus, des erreurs ou des maladresse, de plusieurs de nos évêques, et que je ne
puis énumérer ici ; il en existe un autre, c'est
l'amour professé par les prêtres de salons pour
le texte de Saint-Paul : — « Celui qui désire l'é-
piscopat désire une bonne chose. »

L'interprétation littérale de ce texte substitue
l'ambition privée de l'homme à l'élection du chef
invisible de l'Église. Tout prêtre parvenu à s'é-
lever au-dessus de ses confrères désire devenir
évêque. De puissants amis des deux sexes le se-
condent dans ses vœux. Il n'a ni les capacités
morales, ni les vertus nécessaires pour remplir
dignement, saintement de si hautes fonctions,
mais à force de démarches et de protections, il
réussit.

Cet évêque peut-il compter sur les secoours
du ciel pour l'éclairer et l'aider à porter conve-
nablement ce fardeau dont il s'est chargé lui-

même? L'épiscopat doit-il être considéré par le prêtre comme un but vers lequel on aspire ou comme une charge redoutable pleine de dangers et de responsabilité? Le Christ plaisantait-il, quand il disait de choisir « la dernière place » et non la première.

La plupart de ces messieurs qui font la chasse aux évêchés, ne sont pas seulement dépourvus des qualités intellectuelles et religieuses indispensables pour de telles fonctions, mais souvent encore ils laissent beaucoup à désirer au point de vue de la distinction des manières et de l'urbanité.

On voit des curés et des vicaires-généraux auxquels les clefs d'une conciergerie quelconque conviendraient mieux qu'une mitre. Leur rudesse et leur manque d'usage les rendent plus propres à demeurer à la porte d'une prison que parmi les gens bien élevés. Combien n'y en a-t-il pas qui s'imaginent qu'être impertinents et fiers, c'est faire preuve d'autorité ?

Ce genre d'autorité ne convient pas davantage à la soutane violette qu'à la soutane noire. Jésus-Christ rudoyait parfois les hypocrites et les pharisiens, jamais ceux qui s'approchaient pour demander quelque chose. Si j'étais ministre des cultes, je rayerais de ma liste tous ces prétendants. Je rayerais de même tous les nez rouges et les gros ventres, indices révélateurs de l'amour de la bonne chère. Si le ministère sacerdotal est sublime, les gros ventres et les nez rouges ne le sont pas.

Pour devenir évêque, on emploie parfois des moyens étranges. D'autres le deviennent par des moyens plus étranges encore. On en pourra juger par les faits suivants.

M. l'abbé G*** est très-instruit, surtout dans le magnétisme ; il fait parler les tables comme

personne. On voit paraître chez lui toutes sortes
de feux follets, et tourner toutes sortes de
choses. Pour lui, les miracles du Christ ne sont
pas une suspension des lois de la nature, mais
une connaissance de certaines particularités, de
certaines propriétés des corps, non découvertes
encore par les savants. Le miracle, en un mot,
est dans l'esprit de l'abbé G***, une ficelle incon-
nue qu'il suffit de tirer pour produire le merveilleux.

Son protecteur et son ami confiant dans ses
lumières et sa piété le propose pour coadjuteur
d'un évêque infirme, vieux, embarrassé de
dettes contractées pour le bien du diocèse. En
échange de cette nomination, les dettes seront
payées. La proposition est acceptée, ratifiée et
l'abbé G*** devient coadjuteur, puis titulaire à
la mort du vieil évêque.

La science et la piété du nouveau prélat sont

réelles, malgré ses idées sur·le magnétisme et les miracles ; il fait du bien autant qu'il peut, mais ses capacités administratives, surtout en matière de finances, sont nulles et déplorables. Il bouleverse maladroitement le personnel des paroisses ; il n'a jamais d'argent pour payer les emprunts qu'il fait ; il renouvelle ses billets moyennant une prime de cinq pour cent. Les primes et les intérêts lui enlèvent toutes ses ressources ; le payement du capital est devenu impossible, et, sans la charité publique, la banqueroute serait déjà venue flétrir son nom.

M. l'abbé de *** est noble, riche et bon vivant. Il s'est fait prêtre à la suite d'une fredaine qui frisait la monstruosité. Le château de ses pères est situé près de celui d'un ministre défunt.

Un jour, le ministre et l'abbé se rencontrent en rase campagne, chassant le même lièvre. On s'aborde, on cause, on se promet visites et parties. On se tient parole, et, peu de temps après M. l'abbé *** est nommé évêque, par l'influence du ministre. Son plus grand titre à cette dignité, c'est d'avoir été chasseur et bon voisin du très-haut fonctionnaire ; son administration prouve assez qu'il n'en a pas d'autres.

Le pape et le chef de l'État ne pouvaient pas savoir que, sans ce lièvre, monseigneur de *** leur aurait donné moins de tracas et que leur signature aurait pu tomber sur un meilleur choix ?

Il y a d'autres types qui méritent également d'être connus par leurs actes, .

Madame la comtesse de ***, femme profondément pieuse, animée de cette foi vive des chrétiens de la primitive église qui ne craignaient pas le martyre, fonda dans son pays une maison de bienfaisance pour les pauvres filles du district. A la mort de son mari, la comtesse, pressée par les insistances de son évêque, prit le voile.

Malgré les lois de l'Église, on lui fit prendre l'habit et prononcer les vœux en moins de quinze jours.

A peine la cérémonie achevée, la nouvelle religieuse se vit dépossédée, — par des moyens inqualifiables, — de la maison qu'elle avait fondée et dont on lui avait promis de lui laisser la direction. J'ai beaucoup gazé cette histoire ; elle était trop peu édifiante dans sa vilaine nudité. Quand on entre dans la voie de l'arbitraire, on va loin.

Monseigneur l'archevêque X. sort d'une famille des plus plébéiennes, et malgré l'une des plus hautes positions qu'il occupe dans l'Église de France, il a conservé des idées d'ordre et d'économie qui révèlent un esprit mercantile fort curieux.

Il vend une bonne partie du vin qu'il reçoit en cadeau, il fait brocher ses mandements et les

17

donne à son clergé moyennant six francs le vo-
lume, payés en messes. En supposant qu'il reçoit
à l'archevêché pour dix mille francs de messes,
il peut donc écouler plus de treize cent trente-
trois volumes de ses mandement par année. Ce
n'est pas une si mauvaise spéculation !

Un jour, il allait en visite pastorale dans un
village situé près de la petite ville de... Au lieu
de prendre sa voiture, il prit la diligence, et,
par économie, il fit retenir des places de rotonde.
Un boucher se trouvait dans un coin de ce com-
partiment.

— Cédez donc votre coin à Monseigneur, lui
dit un des grands vicaires qui accompagnaient
le prélat.

— Qu'il aille se faire f....., lui répondit le
boucher; il a assez d'écus pour voyager dans sa
voiture ou dans le coupé, s'il veut être à son
aise.

L'économie est une vertu, mais lorsqu'on a plus de cent mille francs à dépenser chaque année et qu'on a un rang à respecter, on ferait bien, — pour quelques francs de plus, — de ne pas s'exposer à s'entendre dire de telles vérités.

Un jeune prêtre, maladif et ne pouvant exercer son ministère, n'avait pour vivre que sa plume. Il était rédacteur d'un journal politique quotidien. Par dévouement pour la cause du Saint-Siége, il alla chez un nonce du Pape et lui offrit gratuitement ses services, dans un moment où Rome avait grandement besoin de défenseurs.

— Je n'aime pas les journalistes, lui répondit monseigneur***, et je trouve très-mal qu'un prêtre écrive dans un journal politique.

— Monseigneur, ne trouvant aucun appui dans mes supérieurs et mes confrères, j'ai dû choisir entre l'hôpital et le journalisme.

— Vous auriez dû préférer l'hôpital.

— C'est facile à dire, monseigneur, quand on loge dans un palais, qu'on a des marmitons, laquais et cochers et cent mille livres de revenus. Priez Dieu de ne jamais connaître la faim ; vous changeriez bien vite d'opinion. Votre conseil est dur ; il n'est pas digne d'un homme de cœur, encore moins d'un prêtre. Vous oubliez que souvent on a besoin de plus petit que soi, et que le service que je venais vous offrir méritait un autre accueil. Un jour, peut-être, vous vous repentirez de n'avoir pas été plus aimable pour moi.

Ce jeune prêtre avait raison de parler ainsi. Je ne sais s'il est bien prudent de s'aliéner de la sorte une plume intelligente, qui peut devenir une arme dangereuse dans la main d'un homme obligé de s'en servir pour vivre.

Le rigorisme de certains prélats vis-à-vis du

bas clergé produit de temps à autre ces tristes phénomènes d'un prêtre qui renie publiquement sa mission sacerdotale pour devenir criminel ou se faire le vengeur de ses confrères opprimés.

L'ecclésiastique brouillé avec son évêque, pour n'importe quel motif, n'a généralement d'autres ressources que de jeter le froc aux orties et de végéter loin de son diocèse.

Le prêtre interdit, à tort ou à raison, semble maudit de la société. Partout où il va frapper, on lui ferme la porte au nez. On ne le juge pas, on le condamne avant de l'entendre. S'il n'a aucune capacité, il devient ce qu'il peut. On m'a assuré qu'il y en avait à Paris plus de deux cents parmi les cochers de fiacres.

S'il a de l'intelligence, des talents et l'amour-propre de sa dignité personnelle, il se meurt dans la misère; quelquefois il se redresse et frappe ses bourreaux au visage; il les déshabille pour montrer le fond du sac; mais comme il ne saurait les appauvrir, ils se moquent de ces coups à longue portée qui blessent le corps entier et non l'individu. Ce genre de coups ne fait pas grand mal, car les bons payant pour les méchants, le public se révolte contre cette injuste répartition de la censure et critique le censeur.

Si le rigorisme de l'épiscopat vis-à-vis de ces malheureux était toujours éclairé, on n'aurait rien à dire; on pourrait pourtant demander un asile où l'on utiliserait pour la science, l'histoire, les lettres, leur temps et leurs talents; mais on a vu que ces interdictions reposaient parfois sur des données bien légères et sur de fausses accusations.

Cet arbitraire dans l'administration amène également l'opposé, c'est-à-dire une excessive indulgence pour des misérables. Des prêtres in-

dignes sont maintenus dans leurs fonctions, malgré le mal qu'ils font, le scandale qu'ils donnent
et les réclamations des honnêtes gens. Je pourrais citer plus d'un exemple à l'appui de ce que
j'avance, mais à quoi bon ?

A côté des prélats parvenus à la mitre par
ambition, il y en a un nombre considérable ap-
pelés à cette dignité par la force des choses, par
la puissance de leurs vertus apostoliques. Ils
avaient beau vouloir mettre la lumière sous le
boisseau, la lumière brillait au dehors malgré
leur modestie, malgré leur empressement à la
cacher, à rester dans l'ombre.

Ceux-là, le parti clérical ne les aime pas;
parce qu'ils s'occupent exclusivement de leur
ministère et ne font pas d'opposition aveugle au
gouvernement, on dit qu'ils sont vendus. Ils ne
sont pas vendus, ils se donnent ; mais, comme le
bon pasteur, ils se donnent tout entiers à leurs

brebis. Ne pouvant leur voler l'estime publique,
dont ils jouissent à juste titre, on voudrait ternir
leur caractère d'évêque et leur foi de chrétien,
mais on n'y parvient pas. Si le mal, c'est-à-dire
le diable, est fort, le bien, c'est-à-dire Dieu, l'est
davantage. On ne leur enlèvera jamais la sainte
auréole qui brille sur leur front, le respect qui
les entoure et la vénération qu'ils inspirent.

Un de ces prélats, calomnié auprès de la cour
de Rome, se trouvait un jour dans un salon du
cardinal Antonelli.

— Nos catholiques ne vous aiment pas beaucoup, lui dit le cardinal, pourtant, quoique gallicans, vous nous donnez mille fois moins d'embarras que les évêques ultramontains, considérés
chez vous comme les champions du catholicisme.

C'est naturel, l'arbre n'est-il pas jugé par ses
fruits ?

Les évêques, prétendus gallicans, ne sont pas
à Rome en odeur de sainteté. Plusieurs d'entre
eux ont éprouvé maintes fois les effets de cette
méfiance. Quand ces faits arrivent, les ultramontains s'en réjouissent. Est-ce bien chrétien de ce
réjouir du mal qui arrive à son prochain ? Je ne
le crois pas.

La bonne foi de la cour pontificale ne peut-
elle pas être surprise, aussi bien que celle de
tous les souverains ? Le Pape est infaillible lorsqu'il parle *ex cathedrâ*, mais il ne l'est pas comme
homme. Vouloir lui donner une infaillibilité personnelle, est une absurdité démentie par l'histoire ; ce serait renverser toute la morale de
l'Église, et par conséquent sa divinité, car ce
serait approuver les fautes, les vices et même les
crimes de plusieurs d'entre eux.

Le Pape peut donc se tromper comme souverain de Rome ; il peut être trompé comme

17.

homme, et lorsqu'il fait quelque chose qui froisse les consciences honnêtes, il faut en gémir et non l'approuver, trouver cela fort naturel et ne pas s'en scandaliser.

Jésus-Christ était vrai homme autant que vrai Dieu; comme homme, il a souffert moralement et physiquement; pourquoi donc placer la cour pontificale au-dessus de Jésus-Christ, lui refuser des sentiments humains et des moments de défaillance? Le Pape et les cardinaux ne sont point divinisés par le seul fait de leur élection; ils ne sont point à l'abri des imperfections inhérentes à la nature humaine. Mais, le Pape et les cardinaux n'ont jamais eu de pareilles prétentions, des imbéciles seuls peuvent les avoir pour eux.

J'aurais pu multiplier mes portraits des maris honnêtes, des cléricaux et des membres du clergé dont les travers font l'objet de cette étude, mais cette rapide esquisse suffit à démontrer que les exagérations et les ridicules pénètrent partout. Si M. Veuillot eût été le contraire de ce qu'il est, il n'aurait pas manqué, en écrivant cette satire, de crier bien haut que les cléricaux sont des gens de sac et de corde; il aurait généralisé les groupes; des défauts, il en aurait fait des vices, et de la sorte il en serait arrivé à faire des *Odeurs de sacristie* que le *Siècle* aurait été heureux de publier.

Pour être juste, il faut rester dans le vrai; il faut séparer l'ivraie du bon grain, il faut faire la part des imperfections humaines et ne pas fermer les yeux pour avoir le plaisir de crier qu'il fait noir. Il est toujours dangereux de jeter des pierres dans le jardin de son voisin, quand on n'est pas à l'abri des représailles.

RELIGION ET POLITIQUE

RELIGION ET POLITIQUE

La religion a toujours été attaquée dans la personne de ses ministres, parce que ses ministres, au nom de la religion, ont toujours attaqué le vice et les révoltes de l'esprit et du cœur contre les saines doctrines.

De son côté, le prêtre, — n'étant pas un ange, — s'est souvent rendu coupable des faiblesses qu'il reprochait aux laïques. Étant sujet aux mêmes égarements, aux mêmes défaillances, aux mêmes surprises, la critique avait beau jeu.

Autrefois, les grands du siècle fournissaient le plus de prise aux anathèmes du clergé; ils faisaient sentir, aussi souvent qu'ils le pouvaient, la pesanteur de leur bras, à ceux qui leur reprochaient leurs excès, l'exploitation du peuple par les priviléges seigneuriaux ou leur mauvaise influence sur les mœurs. De cet antagonisme ont surgi bien des querelles sérieuses.

Les uns avaient les consciences; les autres l'épée, la toge, la plume, pour faire pencher la balance de la force de leur côté. L'épée n'était pas toujours la plus lourde, car il y avait de terribles jouteurs dans l'église.

La religion, telle qu'elle fut scellée sur le Golgotha par le sang de son fondateur, n'est pas attaquable; mais elle gêne l'homme qui veut avoir ses coudées franches.

Pour égratigner la doctrine on s'en prend à ses adeptes. De nos jours, on a inventé le — parti clérical. — Un parti n'est pas une religion. Le parti clérical ne professe pas le catholicisme, mais l'excès du précepte catholique mal compris.

C'est pour bien faire comprendre cette distinction que j'ai relevé à grands traits quelques travers de ce parti qui a toujours existé, dans toutes les religions et dans tous les pays du monde, par la simple raison que l'humanité traîne partout avec elle ses misères morales et physiques. Toujours et partout, il y a eu de grandes âmes et de petites passions, de grandes vertus et de petits ridicules.

Notre époque n'est pas une époque de décadence comme la presse cléricale voudrait nous le faire croire, c'est une époque de transition entre un immense bouleversement social et une ère nouvelle, en politique comme en religion.

La politique doit être libérale, mais prudente et sage.

La religion doit être dépouillée des quelques oripeaux dont les hommes l'ont affublée selon les besoins des temps.

Il est incontestable que le monde se transforme de temps à autre. Porter le costume des temps passés, c'est faire preuve d'une intelligence bornée, c'est vouloir être la risée de la foule. Chaque transformation amène un progrès. Le progrès n'est pas dans l'excès d'une bonne chose, mais dans une juste harmonie des propriétés ou des qualités générales. Nier le progrès, c'est ne pas connaître l'histoire et ses enseignements, c'est voir l'humanité d'un seul côté, par un seul coin ; ne pas s'y soumettre, c'est une petitesse d'esprit, car c'est prendre un changement de forme pour un changement de matière.

La religion n'a point à redouter le progrès, car

elle est immuable dans son essence. Elle est toujours nouvelle et toujours ancienne, comme tout ce qui vient de Dieu.

Dans l'histoire du monde, nous trouvons des leçons qu'on oublie facilement et qu'il faut rappeler quelquefois. Le progrès est l'œuvre de Dieu. Le créateur nous révèle que le perfectionnement est, dans certaines limites, la voie naturelle par laquelle il a voulu lui-même faire passer ses œuvres.

Dans la création, Dieu commence par créer la matière; puis, au firmament, il donne le soleil et les étoiles; à la terre, il donne les plantes et les arbres.

Dans la création des êtres animés, il commence par des êtres à peine ébauchés, puis viennent les monstres, les animaux moins grossiers, et l'homme, la plus parfaite de ses créatures, termine ce merveilleux travail de l'enfantement des mondes.

En religion, nous voyons le même progrès se produire. La religion primitive, appelée la loi naturelle, est incrustée dans la conscience humaine, avec lá première famille.

La loi mosaïque, gravée sur les tables d'airain vient ensuite. Elle ne détruit pas la loi primitive, mais elle la complète. Dieu la donne à son peuple au moment où les nations, commençant à se développer, le culte de la divinité devait être préservé des égarements de l'esprit humain mal dégrossi. Ce culte répondait suffisamment aux besoins de l'homme de cette époque.

Enfin quand les sociétés arrivent à s'établir d'une manière plus stable sur les territoires conquis par leurs armes, lorsque la philosophie grecque et romaine domine le bruit des combats, lorsque le génie de l'homme anime la matière par l'art et que le monde moral arrive au début de son perfectionnement, Dieu lui donne la loi chrétienne. Cette loi ne détruit pas la loi mosaïque, mais elle la perfectionne, elle est le complément, le dernier degré de ce culte dont la loi primitive était le germe, le bourgeon. Elle règle définitivement les rapports entre la créature et le créateur.

Le progrès est donc dans l'esprit de Dieu, dans l'ordre des choses naturelles, il n'existe que dans la forme et non dans la matière. Malgré le polissage des temps ou de la civilisation, la matière reste la même.

Le mal et le bien se déplacent, changent de costumes, mais ils existent toujours et partout. L'homme quitte un habit ou une passion pour en prendre d'autres, mais il aura toujours des habits et des passions. Le bien devient-il plus général que le mal ? Je le crois.

Le catholicisme est immuable dans sa doctrine, mais sa discipline varie selon les temps et les lieux. Le progrès en religion n'attaque donc pas le fond de l'institution, encore moins l'institution elle-même, mais seulement sa discipline, chose essentiellement variable comme tout ce qui tient à l'humanité.

Chacun puise dans son imagination ou dans ses convictions des idées, des théories, pour amener un progrès spécieux ou réel, en matières religieuses ou politiques. Mais les hommes et les sociétés n'obéissent pas facilement aux inspirations les plus sublimes ; il leur faut, pour se mettre en mouvement et faire peau neuve, des intérêts nouveaux, consacrés par le progrès des sciences nouvelles.

Pourtant, au milieu de toutes les utopies sociales, politiques et religieuses, imprimées journellement pour l'amélioration religieuse, politique et sociale de l'espèce humaine, on trouve toujours quelques bons grains à glaner. L'intelligence de l'homme conserve jusque dans ses exagérations un reflet de l'étincelle divine dont elle est animée. De cette masse d'intelligences mise en mouvement, il doit nécessairement en sortir le progrès.

Ce mot, en matières ecclésiastiques sonne mal à l'oreille de bien des personnes sincèrement pieuses ; néanmoins, si l'on veut bien ne pas confondre la religion avec les usages religieux, ce mot ne choquera plus que les routiniers. En effet, sans reparler du système des chaises qui n'existe qu'en France et d'autres coutumes, également locales, qui blessent l'esprit moderne, il existe bien des habitudes, bien des traditions, avec lesquelles il faudrait rompre pour le bien de l'Église catholique.

Ainsi, quel est l'étranger qui n'a pas été profondément choqué dans toutes les villes d'Italie, et surtout à Rome, de la manière atroce dont se font les cérémonies religieuses ? Les officiants marchent à pas précipités, tournent la tête, causent ; les chantres rient, se démènent comme des possédés et piaillent des airs impossibles dignes des *bouffes*. Partout on voit une absence complète de dignité, d'onction et de recueillement.

Dans nos provinces, les chants écorchent les oreilles, mais au moins ils ont une gravité en rapport avec une maison de prières.

Les chants de nos églises, à Paris, ne sont surpassés en mélodie vraiment religieuse que par ceux de la chapelle Sixtine et de Saint-Pierre de Rome. Il est dommage que toutes les églises de la chrétienté n'imitent pas celles de Paris sur ce point essentiel.

Donnez à l'Italie des prêtres plus austères, des

orateurs plus convaincus, des solennités moins théâtrales, des chants plus graves, et le peuple se transformera, et le Pape ne craindra plus d'être obligé de fuir la révolution.

J'ai souvent entendu le monde, esquissé dans cette étude de mœurs, se disputer au sujet de deux mots fort mal compris de tous, et qui représentent deux partis : les ultramontains et les gallicans.

J'ai fait sur ces deux partis des remarques qui me paraissent intéressantes.

L'un, très-naturel, nécessaire même à l'existence du catholicisme, consiste à vénérer le souverain Pontife comme le successeur de saint Pierre, à obéir aveuglément à ses décrets, à ses ordres, toutes les fois qu'il parle comme chef de l'Église.

L'autre, qu'on ferait mieux d'appeler : romanisme, est une admiration exagérée pour tout

18

ce qui vient de Rome, une déférence inutile, quelquefois incompatible avec les mœurs et les habitudes des populations non italiennes pour les idées, les désirs, les insinuations de la cour romaine, en matière de pure discipline. Je pourrais ajouter que cette déférence est rarement inspirée par une piété éclairée; c'est ordinairement des pensées d'opposition politique ou d'ambition religieuse qui guident ce genre d'ultramontains.

Le gallicanisme a pareillement deux variétés.

La première est formée des catholiques français qui considèrent le Pape comme le chef de l'Église, auquel on est obligé d'obéir dans tout ce qui concerne la foi, mais dont les décrets, en matière de discipline, ne font loi qu'après avoir été acceptés et promulgués par les évêques de France.

Ces sortes de gallicans ont donné au monde un spectacle unique dans les annales du catholicisme, spectacle que les ultramontains n'admirent pas assez : à la demande du souverain Pontife, tout l'épiscopat français, sauf deux ou trois exceptions, a déchiré ses bulles de promotion pour faciliter la réorgation de l'Église française par le Pape et Napoléon Ier. Il serait à désirer que tout l'épiscopat catholique fut gallican comme ces évêques.

La seconde variété, connue, plus ou moins, sous le nom d'ultra-gallicans, se compose des prélats que des faveurs, des préventions ou des antipathies personnelles retiennent loin de Rome, et des prêtres désireux d'*avancer*, qui vantent les libertés gallicanes pour s'attirer les sympathies du pouvoir.

Les uns et les autres, pour justifier leur éloignement de Rome, accusent le Pape des vices administratifs et politiques de son gouvernement ; ils font remonter jusqu'à lui les abus et les désordres qui se commettent dans les États romains.

Il ne faut qu'une croix, une prélature venues du Saint-Père pour fermer la bouche à ces galli-cans. Pour les ambitieux, les bavards et les écri-vassiers, les cordons qui soutiennent une croix sont des ficelles avec lesquelles on fait chanter ces messieurs sur l'air demandé. Pape, empe-reurs et rois, en tirant ces ficelles, mettent en mouvement tous ces pantins de l'amour-propre, seul amour qu'ils aient au cœur.

Le romanisme comme l'ultra-gallicanisme se développe surtout dans les sacristies mondai-nes, dans ces salons d'énergumènes où la reli-gion et la vérité déposent parfois leur carte, mais n'entrent jamais.

Avec les libertés gallicanes, les plus vantées par les ultra-gallicans qui les connaissent le moins, l'influence du Pape n'est pas grand chose en France, mais les évêques sont tout.

Le prêtre se passe facilement de son chef naturel institué par le fondateur du christianisme, mais il devient le très-humble serviteur du conseil de fabrique, des marguilliers, du maire, du conseil communal, du préfet, du ministre et du conseil d'État.

Tous ces personnages peuvent être parfaitement incompétents en matières religieuses; ils sont souvent hostiles à l'évêque, au curé; les libertés gallicanes peuvent être embarrassantes et lourdes comme des chaînes; n'importe, on est gallican avant tout !

Le temporel et le spirituel se confondent tellement de nos jours que le prêtre, en France, tient autant du fonctionnaire public que de l'apôtre.

Si le bon sens dit que la société chrétienne ne doit pas être subordonnée à des coutumes qui ne

18.

sont plus de notre époque, et qui ont été souvent
modifiées par l'Église, selon les différents phases
dans lesquelles entrait la société, le bon sens dit
aussi que la vérité ne saurait être localisée. Elle
est universelle ; sa beauté, sa force, sa divinité,
résident dans cette universalité ; aucun pays n'en
a le monopole.

Les églises, plus ou moins nationales, même
rattachées à l'Église romaine par les lois im-
muables du dogme et de la morale, puisent leur
fécondité, leur puissance d'expansion, dans la
séve qui les unit au tronc de cet arbre mystique
planté sur le Calvaire et transplanté à Rome. Il
est donc évident que, plus on s'éloigne de ce
tronc commun, plus grande doit être la stérilité
pour le bien.

Parmi les martyrs modernes qui prêchaient
l'évangile dans les régions lointaines, combien
compte-t-on d'ultra-gallicans et d'ultramontains

romanistes,—italiens ou français?—Pas un. Tous
sont de simples gallicans, de simples ultramontains, c'est-à-dire de vrais chrétiens, soumis,
comme ils le doivent, à l'autorité spirituelle du
souverain Pontife.

Chaque religion a ses martyrs, les partis n'en
ont pas.

J'entends souvent mettre sur le compte de la
religion les bêtises dites et les bévues commises
par les hommes. Voilà bientôt dix-neuf siècles
que les hommes répètent cette ritournelle pour
excuser leurs vices ou leur indifférence. Ils
finissent par devenir monotones sans cesser d'être
niais ou méchants.

La religion a de bonnes épaules pour porter
ainsi, sans sourciller, les platitudes de l'humanité. Les mauvais pontifes, les souverains ambitieux et les philosophes hargneux n'ont jamais
empêché le catholicisme de se développer. Ils

l'auraient étouffé depuis longtemps s'il n'était qu'une institution purement humaine.

Les blessures que les hommes et les choses lui font n'entament que l'épiderme, elles ne pénètrent pas profondément et ne sont jamais dangereuses. Généralement, celui qui souffre le plus est celui qui frappe et non celui qui reçoit le coup. Voilà plus de dix-huit siècles que le Christ donne cet enseignement à tous les imprudents gênés par sa doctrine et peu savent en profiter.

Le catholicisme se déplace quelquefois ; il abandonne un pays pour s'installer dans un nouveau ; il semble vouloir quitter une sphère pour se répandre dans une autre, mais il ne s'arrête jamais dans son développement. Lorsque Henry VIII et Luther lui prirent une partie de l'Angleterre et de l'Allemagne, Dieu lui donna les deux Amériques ; un monde pour deux provinces !

Ce déplacement n'est pas une fuite, un échec, mais une leçon ; quelquefois, c'est un châtiment ; souvent aussi il est nécessité par le besoin d'espace.

Il ne faut pas oublier que tout corps moral est assujetti aux variations inhérentes à la perfectibilité, — qu'on me permette ce mot, — d'un corps social. La religion n'est pas perfectible, mais elle n'est pas stationnaire non plus ; elle a besoin du mouvement pour s'étendre, et d'obstacles à vaincre pour prouver son origine divine.

Tous les hommes étant égaux devant le créateur, il importe peu que le plus grand nombre de ses serviteurs ait une peau blanche, rouge ou noire, qu'il soit riche ou pauvre, ignorant ou savant. Les âmes se comptent, mais ne se pèsent pas. Ce qu'il importe, c'est que le mouvement religieux soit progressif. Ce progrès n'a jamais cessé d'avoir lieu; on le constate encore tous les jours sur la surface du globe.

On plaisante beaucoup sur le Pape et la religion, dans les journaux payés, par le gouvernement italien, pour supprimer le pouvoir temporel au profit de l'ex-roi du Piémont.

En effet, c'est plus drôle qu'on ne le pense, cette question du pouvoir temporel. Elle a son principe dans l'axiôme de M. Proudhon : — « La propriété, c'est le vol. »

Le Pape, n'a pas le droit de posséder ce que la France, Charlemagne et d'autres têtes couronnées lui ont donné, mais le roi du Piémont a parfaitement le droit de l'exproprier pour cause d'utilité particulière.

M. Proudhon est un grand homme! il a vulgarisé le droit nouveau. C'est au nom de ce droit que Victor-Emmanuel a fait des Piémontais avec les Toscans, les Napolitains et les Romains; c'est au nom de ce droit que M. de Bismark a fait des Prussiens avec les gens du Hanovre, de Francfort, etc. La Russie, les États-Unis et tous les gros bonnets de l'univers proclament assez ouvertement déjà la sainteté de ce droit.

Les peuples qui perdent leur nationalité, par ce droit, ne pensent pas de même, mais les journaux, — fidèles organes de l'opinion publique, — proclament hautement, — quand les gros bonnets les payent, — que les peuples adorent ce droit nouveau.

Les journaux, dans certaines questions politiques, rappellent ce colonel, président d'un conseil de guerre, qui disait à chaque accusé, après la lecture de l'acte d'accusation :

— Qu'avez-vous à répondre pour votre défense ?

— Mon colonel.....

— Taisez-vous ; c'est assez ; n'ajoutez pas l'impudence à l'insubordination.

Le peuple, c'est l'accusé ; on lui dit de parler, mais on l'arrête au premier mot, les journaux subventionnés parlent pour lui.

Pauvre Victor-Emmanuel ! il est assez ennuyé d'avoir été fait Italien par ses ministres. Comme Henri IV, il a triple talents ; c'est à son corps défendant qu'il les voit sacrifiés à la politique du droit nouveau. Mais, dame ! que risquent les ministres lorsqu'ils ont mis dans le pétrin leur monarque bien-aimé ? De donner leurs portefeuilles à d'autres ministres ! D'avoir les embarras d'un déménagement ! Cela n'est pas la mer à boire.

Le Pape représente le principe de l'autorité. Les révolutionnaires poussent l'amour de l'autorité jusqu'à vouloir détruire celle qui existe pour y substituer la leur. Voilà tout.

En religion, en politique, en économie sociale,

l'autorité de contrebande, usurpée, imposée par la force est transitoire. Elle est souvent féconde pour le mal ou simplement nulle, mais toujours stérile pour le bien. C'est naturel. S'il n'y avait pas de justice sur terre, il n'y aurait pas de Dieu dans le ciel. Tôt ou tard, la justice fait sentir le poids de son glaive.

Il est fâcheux qu'on ait donné au droit divin — une interprétation fausse ou rapetissée; j'aurais démontré qu'on ne le lèse jamais impunément dans la famille, dans l'Église et dans l'État.

Ce qui fait la force d'un homme représentant une autorité quelconque, c'est moins sa puissance personnelle que le pouvoir du principe qu'il représente. Saper ce principe, c'est tuer l'individu. Un homme est si peu de chose, quand l'autorité n'en fait pas un être à part dans la famille, dans l'État et dans l'Église !

19

Attaquer la personne du Pape serait une mauvaise manœuvre, car la tiare avec ses trois couronnes représente le principe des trois grandes autorités, des trois grands pouvoirs qui gouvernent le monde : — le chef de l'Église, — pouvoir religieux, — le chef de l'État, — pouvoir politique, — le chef de la famille, — pouvoir social. — Il est plus habile de faire des tranchées dans son domaine temporel, seul côté vulnérable, aussi, c'est celui-là qu'on bat en brèche.

On veut bien qu'il baptise, — c'est du ressort du pouvoir spirituel, — mais on lui refusera l'eau pour donner le baptême. On lui permet bien de faire des décrets, de lancer des encycliques, mais on les saisira à la porte de son palais pour empêcher les évêques de les répandre parmi les fidèles.

La politique moderne, parmi ses qualités, a

celle d'être très-arrogante et très-audacieuse, —
vis-à-vis des faibles ou des poltrons.

Pour défendre sa maison, il vaut mieux être
armé d'un grand sabre que d'un goupillon rempli d'eau bénite. Le pape n'a qu'un goupillon,
tant pis pour lui. Pourquoi s'imagine-t-il aussi
que *le Siècle,* le *Journal des Débats* et l'*Opinion
nationale* ont moins de sens commun, d'esprit et
de pouvoir que le bon Dieu ?

Un journaliste, que je ne veux pas nommer,
répondit un jour à l'un de mes amis qui lui reprochait d'écrire des articles stupides contre le
Pape en 1860 et 1861 : — « Si Rome nous
payait un sou de plus par ligne que Turin, le
cardinal Antonelli aurait plus d'avocats que
M. Cavour. » Le peuple ne se doute guère que
les plaidoyers éloquents qui l'émeuvent sont
cotés à tant la ligne, à tant par mois, et que les
convictions de ces grands avocats sont denrées

exotiques qni mûrissent peu dans les journaux.

Je me rappelle avoir lu dans le *Nain jaune*, il
y a deux ans environ, un article dont je vais
citer quelques passages qui méritent d'être mé-
dités.

Il paraît, disait à peu près dans ces termes ce
journal, que ce n'est pas chose aussi facile qu'on
a pu le croire un instant, que de prendre par
la main un Pape et un roi, les mener à Rome
et leur dire : — « Toi, tu auras le confessionnal
et la messe; toi, l'administration civile et les
régiments! »

Et d'abord, pense-t-on que le Pape s'accom-
modât jamais de régiments qui n'iraient pas à
la messe? Et s'ils allaient à la messe et au confessionnal, le roi serait-il bien sûr de ces régiments?

Lorsque M. de Cavour essaya de mettre une

transaction de ce genre sur le tapis, des voix
s'élevèrent au sénat pour demander s'il était vrai
qu'on voulût faire de Victor-Emmanuel l'écuyer
du Pape. Sur quoi M. Louis Veuillot dut demander de son côté, s'il était vrai qu'on voulût
faire du Pape le sacristain de Victor-Emmanuel,
tant il est évident que l'indépendance récipro-
que, absolue, du Pape et du roi, vivant côte à
côte, est un rêve impossible, et que, dans un tel
état de choses, l'un devrait forcément faire la loi
et l'autre la subir.

Qu'on se figure le Piémont, installé à Rome
avec ses troupes, ses légions de fonctionnaires et
une inévitable colonie de vagabonds et de cons-
pirateurs de tous les pays. Mille circonstances,
irritantes suscitent mille conflits. La papauté est
vouée à un supplice où les pamphlets, les journaux, les caricatures remplacent l'éponge, la
lance et le fiel. Chaque matin, les oracles de

Pasquino prédisent le retour des temps où les
les lansquenets promenaient les cardinaux sur
des ânes, buvaient à la réforme dans des saints
ciboires et proclamaient pape Martin Luther,
dans un conclave de soudards.

On dira que ces excès ne sont plus de nos
mœurs. Quelle folie! Les mœurs du seizième
siècle valaient les nôtres. Le connétable de Bour-
bon était, j'imagine, d'aussi bonne maison que
Garibaldi. Ses lieutenants étaient des gen-
tilshommes, témoin Fronsberg qui portait au cou
une chaîne pour étrangler le Pape, mais une
chaîne d'or. Il est douteux que les mazziniens
fissent les choses aussi proprement.

On a espéré qu'il serait possible d'inventer
une constitution qui fixerait les droits et les
devoirs respectifs des deux puissances sur le
terrain commun. On a cru que la France pourrait être le notaire de ce contrat et se charger

de définir et de régler d'une manière satisfai-
sante les attributions et les limites du pouvoir
spirituel et du pouvoir temporel. Il est vrai que
la question n'est pas nouvelle pour la France.
Elle s'en occupe depuis Charlemagne. Il y a onze
siècles que ses rois les plus fermes et les plus
énergiques s'y évertuent, et, avec eux, les plus
grands docteurs, depuis Hincmar, qui date
de 850, jusqu'à Pierre Pithon, jusqu'à Bossuet,
jusqu'à M. Dupin.

La France n'a jamais pu résoudre le problème
pour son compte personnel. Il est encore posé
dans cinq cents communes ; il suscite à chaque
instant les conflits les plus difficiles avec lesquels l'administration ait maille à partir. Qui a
donné, depuis vingt-cinq ans, plus de fil à re-
tordre au conseil d'État que les évêques de Lyon,
de Luçon, de Rennes, de Poitiers, d'Orléans, de
Nîmes, etc.?... Il est donc malaisé de comprendre

comment la France pourrait réconcilier le Pape
et le roi, quand elle n'a pu réussir à faire vivre
d'accord chez elle le temporel de ses maires avec
le spirituel de ses curés.

Je sais et je comprends à merveille tout ce
qu'a pu avoir de séduisant pour les Piémontais
et les incrédules, le rêve d'un pape vivant à
Rome comme un évêque à Paris... mais le Saint-
Siége ne peut consentir à cette transaction. Il
ne lui convient point de se réduire à n'être
qu'un simple évêque administrant les fabriques
et les paroisses de Rome. Quelqu'un dispose-t-il
des moyens de l'y contraindre? Peut-être, mais à
quel prix? Quelle sera la moralité de ses moyens?

— « Abandonnez la papauté à elle-même, nous
dit-on, qu'elle s'arrange avec les Italiens et su-
bisse les conséquences de son aveuglement! — »
Rien de plus simple, en effet, à une condition
toutefois : c'est que, de cette situation, qui va

mettre face à face, non pas les Italiens, puisque
Rome est italienne, mais le gouvernement piémontais et la papauté, il ne résulte point pour la
France, ni pour le monde catholique intéressés
dans la question, une situation pire que la situation présente.

Qu'un homme qui ne nous touche que par des
rapports indifférents, insignifiants, s'obstinât à
se noyer malgré nous, il se peut qu'à bout d'efforts et d'instances on lui dise : — « Que le.....
fleuve t'emporte! » — et tout serait fini. Mais
si cet homme qui se noie était, par ses affaires,
par sa position sociale, par son existence, inti-
mement lié à nos plus grands intérêts, à ceux
de nos proches, de notre pays, si sa disparition
devait avoir pour nous, pour notre repos, pour
notre fortune, des conséquences désastreuses,
est-ce avec la même facilité que nous l'abandon-
nerions à sa fatale inspiration? Or, il en est ainsi

19.

de la papauté, qui est comme un arbre dont dix-
huit siècles ont tellement ramifié les racines sou-
terraines dans les entrailles du monde, qu'on ne
saurait seulement l'ébranler sans faire saigner la
terre.

Les hommes d'état du *Siècle*, les diplomates de
café et tous les politiqueurs qui mesurent les
questions les plus hautes à la longueur de leur
nez, veulent qu'on abandonne le Pape à l'insa-
tiable ambition du gouvernement italien; ambition d'autant plus ardente que l'Italie ne pouvant
rien et n'ayant rien fait par et pour elle-même,
c'est la France qui a remporté les victoires, lui
a donné les provinces qui ont constitué son unité
et lui fournit de l'argent pour son trésor.

Les gens à qui toute croyance est indifférente,
voltairiens, sceptiques, solidaires, humanitaires,
détachés de toute affection pour le Pape autant
que pour le Grand-Lama, lorsqu'ils entendent

dire que la fuite du Pape, par suite d'un abandon
qui l'exposerait aux violences révolutionnaires
ou piémontaises, causerait en France une profonde émotion, ils se tâtent le cœur, ils n'y sen-
tent aucun trouble, ils sourient et s'étonnent de
nos illusions. Ils commettent, avec une naïveté
parfaite ce sophisme d'où proviennent toutes
nos erreurs et qui nous porte à tout voir en nous-
même, à croire que la disposition de notre esprit doit être naturellement celle de tous les
hommes intelligents.

A côté de ces groupes, représentés par les lecteurs du *Siècle,* on en aperçoit d'autres dispersés
partout, dans tous les rangs, dans toutes les
classes, depuis les marches du trône jusqu'aux
plus humbles échoppes, depuis la souveraine
agenouillée au chevet de son fils, jusqu'au plus
pauvre des chrétiens agenouillé devant un cercueil. L'homme sincère et clairvoyant se dit avec

raison que si les mécréants sont dans l'État une catégorie digne d'égards, les autres catégories méritent également qu'on les considère, qu'on en tienne compte et qu'on prenne quelque souci des alarmes et des agitations où les plongerait le Pape fugitif sur les grands chemins, et la grande métropole catholique livrée à l'invasion piémontaise.

La situation créée par un pareil événement est facile à prévoir. La politique s'embusque dans la religion ; les partis, suivant leur tactique éternelle, se glissent à travers le désordre, pour le faire servir au renversement de l'État. Au besoin, ils prêteraient à l'Église le ressort qui pourrait lui manquer pour irriter et remuer le pays. Qu'en cette occurence la papauté aille porter ses pénates à Madrid, à Malte, à Dublin, à Munich, et le drapeau qui flotte au-dessus de la cause pontificale devient le *labarum*. — *Ubi est Petrus, ibi Ecclesia!* Ce jour-là, il y a par le monde deux cent millions de catholiques pour qui la patrie est dans le camp où bivouaque la papauté.

Ceux qui croient que l'annexion de Rome et du territoire pontifical est nécessaire à l'unité italienne sont dans l'erreur. Si l'unité géographique était une condition essentielle, absolue, de l'unité morale et politique, il en résulterait que la France aurait elle-même sinon l'Alsace à rendre à l'Allemagne, au moins la Belgique à conquérir. Il faudrait remanier tout le monde entier. Rome n'est pas plus un obstacle immédiat pour la nationalité italienne, qu'aujourd'hui Gibraltar pour l'Espagne et autrefois Avignon chez nous.

Le gouvernement italien a soif de Rome parce qu'il craint que les esprits enflammés à la poursuite de ce but par des excitations imprudentes, se résignent mal à une déception. Il veut Rome parce qu'il a Milan, Modène, Parme, Florence, Naples et Venise, et qu'il est dans la nature des peuples comme des individus, que plus on a, plus on veut avoir. Mais devant la raison publique, devant la conscience humaine, devant l'équilibre européen, il est permis de ne pas prendre au sérieux une politique fiévreuse dont les théories se formulent en définitive par cet axiome vulgaire : — « L'appétit vient en mangeant. »

Ce qu'il y a de plus positif, de plus clair, dans la question romaine telle qu'elle est posée par les adversaires du Saint-Siége, c'est qu'on y voit peu de sens commun et beaucoup de mauvaise foi. On joue avec les mots, on joue avec le feu. Rome aux Romains, veut dire Rome aux Piémontais, les moins Italiens de la Péninsule. Le *non possumus* veut dire que le Pape est bien obstiné de ne pas reconnaître comme légale la prise de ses provinces.

En France, la police est-elle obstinée, rétrograde, comme le Pape, parce qu'elle ne légalise pas les soustractions faites avec violence à nos boutiquiers? Les volés sont-ils également obstinés et rétrogrades en désirant, non pas qu'on leur prenne ce qu'ils ont encore, mais qu'on leur restitue ce qu'on leur a pris? La police et les boutiquiers ne sont pas encore convertis au droit piémontais et prussien; ils n'apprécient pas assez la logique de M. Proudhon !

On injurie le Pape, parce qu'étant trop faible pour résister aux légions de Mazzini, aux canons rayés de Cialdini, aux poignards de Garibaldi, il gémit de se voir dépouillé du patrimoine de saint Pierre. On oublie qu'il n'en a que la gérance et qu'il doit le restituer intact au monde catholique, dans la personne de son successeur.

Je ne sais si l'on trouverait beaucoup de souverains qui n'agiraient pas comme lui, mais ce que je crois, c'est qu'il y aurait peu d'hommes qui diraient à celui qui vient de lui prendre sa bourse : « Mon ami, tu es un brave garçon, tu fais bien de m'ôter le pain de la bouche ; n'ayant rien à manger, j'aurai plus de temps pour prier Dieu. Agis de même envers tous ceux qui ne sont pas assez forts pour mettre leurs mains dans tes poches, cela n'est peut-être pas très-honnête, mais tu sera fêté, choyé, admiré, par le *Siècle*, l'*Opinion nationale* et tous les *Charivaris* de l'univers. »

Ceci n'est pas étrange le moins du monde, ce n'est pas une théorie nouvelle, c'est l'application de la fable du *Loup et de l'Agneau*. Le bon Lafontaine l'a écrite depuis longtemps ; elle est vieille comme notre planète.

Le progrès de la morale, des sciences et des

arts ne la détruira jamais, car tant qu'il y aura deux hommes sur terre, l'un voudra ce que l'autre possède.

Ce qu'il y a de plus vieux encore, c'est celui qui voit tout, entend tout, juge tout. Le Pape peut dormir tranquille, les yeux tournés vers le ciel, la tête appuyée sur ce grand livre appelé : l'Histoire du genre humain et des jugements de Dieu.

Ce n'est pas l'existence du pontife qui est en jeu, mais le principe de sa triple autorité. Ce principe, celui qui l'a créé saura le défendre.

FIN

TABLE

POISSY. — TYP. ET STER. 1E AUG. BOURET.

EN VENTE A LA LIBRAIRIE DENTU

COLLECTION GRAND IN-18 A 3 FRANCS. — PUBLICATIONS RÉCENTES

ALBÉRIC SECOND.	La Jeunesse dorée.	1 vol.
AUBERBRAND.	La Tribune des journalistes.	1
AUBY.	Les Oubliettes du Louvre.	1
AVENEL.	Les Calicots, scènes de la vie réelle.	1
BRESSANT.	Gabriel Pinson.	1
CAPENDU.	Le Joug de l'aigle.	1
	La Tour aux rats	1
	L'Hôtel des commissaires-priseurs.	1
CHAMPFLEURY.	Mademoiselle Cachemire.	1
J. CLARETIE.	Les Derniers Marquis.	1
L. COLET.	Le Mexique tel qu'il est.	1
DOMENECH.	L'Enfant trouvé.	2
E. ENAULT.	Le Capitaine Cayol.	1
EXPILLY.	La Cavalière.	2
P. FÉVAL.	Le Château de velours.	1
	Les Belles de nuit.	2
	La Pécheresse.	1
	Les Revenants.	1
	Les Amours du comte de Bonneval.	1
O. FÉRÉ.	L'Affaire Lerouge.	1
GABORIAU.	Le Crime d'Orcival.	1
	Le Dossier n° 113.	1
	Le Pays de la peur.	1
GONDRECOURT.	Le Pays de la soif.	1
	Les Amours du Vert-Galant.	1
GONZALÈS.	Une Princesse russe.	1
	Le Chasseur d'hommes.	1
	Amours d'un diplomate.	1
D'HÉRICAULT.	Voyage autour du demi-monde.	1
V. KONING.	Madame de Miramion.	1
H. LUCAS.	Le Moulin rouge.	1
X. DE MONTÉPIN.	Les Pirates de la Seine.	1
	La Maison maudite.	1
L. NOIR.	Jean le dogue.	2
PONSON DU TERRAIL.	Pas de chance.	5
	La Résurrection de Rocambole.	2
	Les Fils de Judas.	3
	Mon village.	1
C. PEBIER.	Une fille du Soleil.	1
R. REVOIL.	Bourres de fusil.	1
VIEL-CASTEL.	Le Testament de la danseuse.	1
MARQUIS DE VILLEMER.	Les Femmes qui s'en vont.	

POISSY — IMP. DE A. BOURET.

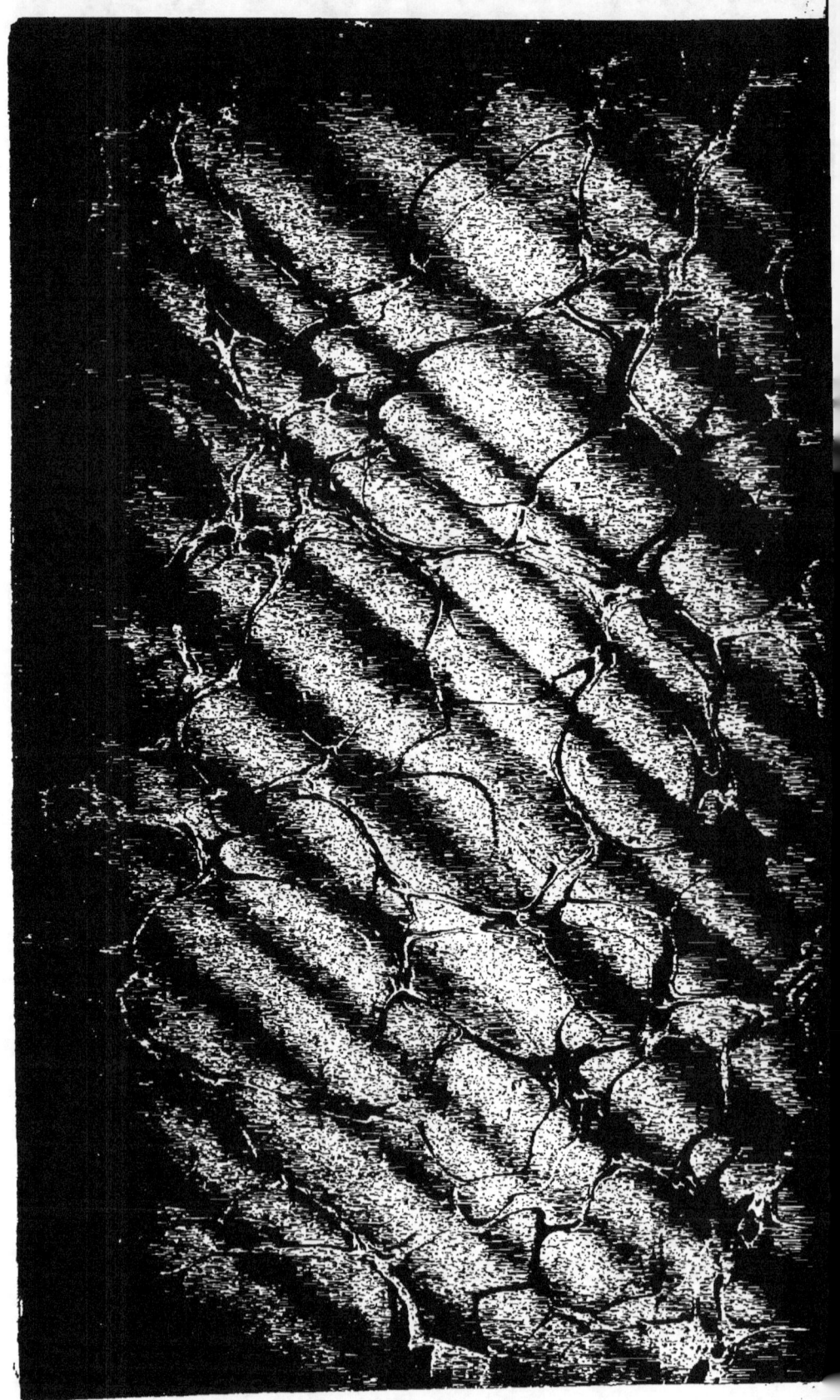

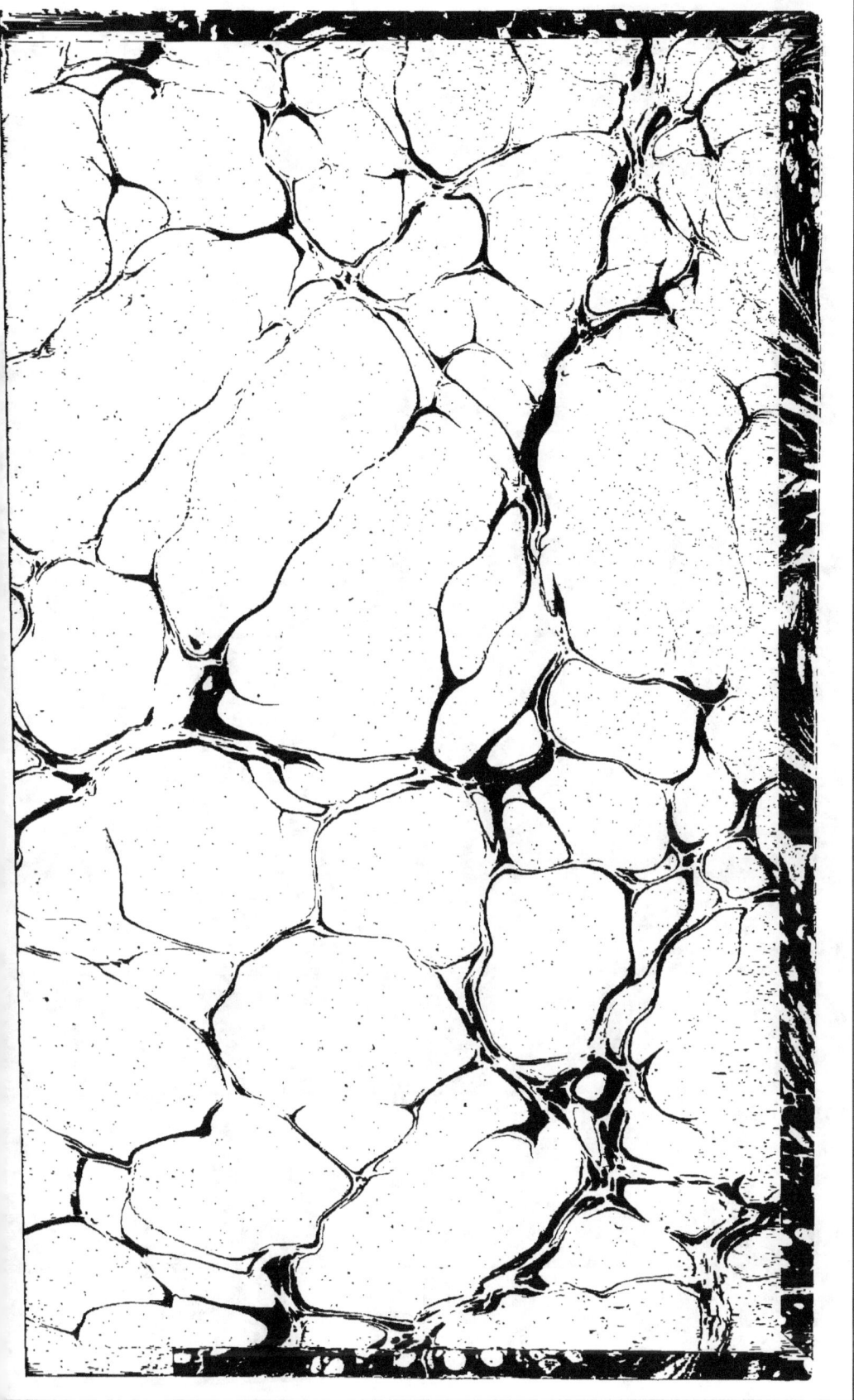

BIBLIOTHEQUE NATIONALE DE FRANCE

3 7531 04272716 5